KB110628

바쇼의 하이쿠

세계시인선

35

바쇼의 하이쿠

마쓰오 바쇼

유옥희 옮김

松尾芭蕉の俳句
松尾芭蕉

차례

1부 봄

1부

봄

물풀에 꾀는
하얀 뱅어여 잡으면
사라지겠지

藻にすだく白魚やとらば消ぬべき 『東日記』

물풀에 꾀는 뱅어는 그 작고 여린 모습이 행여 손에 잡으면 사라져 버릴 듯이 맑고 투명하다. 뱅어는 5~10센티미터 정도의 바닷물고기로 봄이 되면 강으로 올라와 알을 낳는다. 물풀에 다닥다닥 붙어 있던 알에서 깬 지 얼마 안 되는 3센티미터 남짓한 어린 뱅어들이 바삐 헤엄치고 있다. 보일 듯 말 듯 꼬물꼬물 살아 움직이는 생명의 감동과 곧 사라질 듯한 애틋함이 교차된다.
계어[•]는 '뱅어'.

• 계절을 상징하는 시어. 해설 참조.

꽃에 들뜬 세상
내 술은 허옇고
밥은 거멓다

花にうき世我酒白く飯黒し 『虚栗』

서문에 "근심 속에 있어야 진정한 술맛을 알고, 가난해야 돈의 소중함을 안다."[•]는 문구가 있다. 세상은 벚꽃놀이[••]로 들떠 있는데 나는 흐린 탁주를 들이켜고 검은 꽁보리밥을 먹으며 독거하고 있다. 극도의 빈한함에 대한 자조(自嘲)와 그 가운데서 비로소 자적(自適)하는 삶을 맛볼 수 있다는 자부(自負)가 교차되어 '허옇고'와 '거멓다'의 대조로 나타난다. 계어는 '벚꽃'.

• "憂方知酒聖 貧始覺錢神"(『白氏文集』 江南謫居十韻)
•• 하이쿠에서는 '꽃'이라 하면 일반적으로 벚꽃을 지칭한다.

아! 봄인가
이름도 없는 산의
엷은 봄 안개

春なれや名もなき山の薄霞 『野ざらし紀行』

음력 2월 중순. 아직 공기는 싸늘한데 고향 이가(伊賀)를 출발하여 나라(奈良)를 향해 간다. 이 일대 야마토(大和) 분지를 둘러싼 명산들의 봄 안개는 예로부터 좋은 시재였지. 옛 시에서 읽은 봄 풍경이 시낭(詩嚢)에 간직되어 있는데, 바로 지금 주변의 이름 모를 산들이 엷은 봄 안개를 두르고 있지 않은가? '아, 이제 봄인가!' 하는 탄성과 함께 잠시 멈춰 바라보며 심호흡을 한다. 계어는 '안개'.

지나던 배도
멈출 때 있어라
해변의 복사꽃

船足も休む時あり浜の桃 『船庫集』

눈부신 봄날 오후, 한가롭게 나루미(鳴海)[•] 개펄을 바라보고 있노라니 먼 바다를 지나던 배도 잠시 멈추는 듯한 착시를 일으키는데, 해변에는 복사꽃이 숨이 막힐 듯 흐드러지게 피어 있다. 화창한 만춘의 몽롱한 풍경. 계어는 '복사꽃'.

• 아이치(愛知)현 나고야(名古屋)시에 있는 포구.

진달래 꽂고
꽃그늘에 대구포
찢는 아낙네

つつじいけて其陰(そのかげ)に干鱈(ひだら)さく女(おんな)　『泊船集』

“한낮에 잠시 쉬어 가려고 찻집에 걸터앉아”라는 서문으로 보아 찻집에 앉아 여수(旅愁)에 잠길 때 시야에 들어온 풍경인 듯. 물통 같은 것에다 타는 듯 붉은 진달래꽃을 아무렇게나 한가득 꽂아 놓고 그 꽃그늘에서 주인 아낙네가 찬거리로 쓸 하얀 대구포를 열심히 찢고 있다. 하얀 대구포와 붉은 진달래의 선명한 대조가 인상적이다. 옛 시가의 시재인 ‘수하미인(樹下美人)’의 패러디인가? 계어는 ‘진달래’.

두 사람 목숨
그 속에 살아 있는
벚꽃이여

命二つ中に活たる桜かな 『野ざらし紀行』

그 옛날 젊은 시절 벚꽃을 보며 같이 놀았는데 오랜 세월이 지난 지금 용케도 살아 있어 벚꽃을 함께 바라보노라니 감개가 무량하구나. 운명을 함께하고 있음이여! 『노자라시(野ざらし) 기행』에 의하면 문제(門弟) 도호(土芳)를 20년 만에 만난 감회라 되어 있다. 이는 또한 바쇼가 흠모했던 12세기의 가인(歌人) 사이교(西行)가 전란 속을 방랑하며 "이 나이가 되어 또다시 넘으리라 생각했으리 질긴 목숨이구나 사야(小夜) 고갯길"• 이라 한 와카에서 착상을 얻고 있다. 계어는 '벚꽃'.

• "年たけてまた越ゆべしと思ひきや命なりけり小夜の中山"(『新古今和歌集』)

자세히 보니
냉이꽃 피어 있는
울타리로다

よくみれば 薺花(なずなはな)さく 垣根(かきね)かな 『続虚栗』

문득 보니 울타리 옆에 냉이가 작은 흰 꽃을 피우고 있다. 평소 무심히 지나치는 길가 잡초에서 만물 조화의 오묘함과 자득(自得)의 경지를 발견한다. 정명도(程明道)의 "만물을 자세히 들여다보면 모두 자족하고 있다."• 라는 시구가 연상되는 작품. 계어는 '냉이꽃'.

• "萬物靜觀皆自得"(「秋日偶成」)

냉이꽃

관음(觀音) 가람의
용마루를 내다보았네
벚꽃 구름

観音のいらか見やりつ 花の雲 『末若葉』

지금처럼 건물이 많이 생기기 전, 에도시대에는 후카가와(深川)의 바쇼 암자에서 아사쿠사(浅草)의 센소지(浅草寺: 일명 아사쿠사 관음사) 절이 한눈에 바라보였다. 병을 앓다가 겨우 운신하던 바쇼는 바깥에 봄 햇살이 화창하여 문을 열고 내다보았다. 멀리 구름 같은 벚꽃 위로 센소지 가람의 용마루만 쑥 나와 있는 풍경이 병후의 힘없고 나른한 시야에 들어왔다. "내다보았네"에 일말의 권태로움과 봄날의 우수가 서려 있다. 계어는 '벚꽃 구름'.

고요한 연못
개구리 뛰어드는
물소리 퐁당

古池(ふるいけ)や 蛙飛(かわずとび)こむ水(みず)のおと 『蛙合』

늦은 봄 한적한 하루. 시간의 흐름을 담아 청태(靑苔)가 낀 고요한 연못에 개구리 한 마리가 뛰어드는 소리가 “퐁당” 하는가 싶더니 다시 고요해졌다. 문득 이제껏 의식 못 하던 정적감(靜寂感)이 와닿는다. 정중동(靜中動) 동중정(動中靜)만을 노렸다면 ‘돌 던지는 소리’인들 상관이 없겠으나 “개구리 뛰어드는 물소리”로 표현한 것이 작품의 생명이다. 고전 시가의 틀에서 벗어나 하이쿠적 정취를 살린 점이다.(『산조시(三冊子)』) 옛 시인들이 울음소리만 읊었던 개구리를, 정적을 깨며 물에 뛰어드는 개구리라 읊어 틀을 과감히 벗었다. 개구리가 몸을 뻗어 유연하게 뛰어드는 해학적인 모습까지 연상되어 한적함을 더한다. 그 위에 노장(老莊)의 탑언(嗒焉: 몸도 마음도 잊는 모습), 정적의 세계를 일순 흩뜨렸다가 다시 원래의 정적으로 돌아가 ‘나’를 느끼는 선적(禪的)인 경지도 맛볼 수 있다. “바쇼 하이쿠가 개안(開眼)한 구”라고 칭송받으며 세계적으로 가장 알려져 있는 하이쿠의 하나. 계어는 ‘개구리’.

벚꽃 구름
종소리는 우에노인가
아사쿠사인가

はな　くも　かね　うえの　あさくさ
花の雲 鐘は上野か浅草か 『続虚栗』

눈부시게 화창한 봄날, 암자의 툇마루에 앉아 우에노와 아사쿠사 근처를 멀리 내다보니 벚꽃이 구름처럼 덮인 정경이 몽롱하게 보인다. 울리는 종소리도 몽롱하여 도무지 우에노의 칸에이지(寬永寺) 종인지, 아사쿠사의 센소지(淺草寺) 종인지 분간이 안 된다. 나른한 봄날의 정서. 계어는 '벚꽃'.

긴긴 하루해를
지저귀고도 모자란
종다리로다

永き日もさえずりたらぬ雲雀哉 『続虚栗』

길고 긴 봄날 종일을 지저귀고도 모자라는 듯 저녁 종다리가 울고 있다. 무심한 종다리의 자득의 경지. 바쇼는 친필로 "고요한 연못/ 개구리 뛰어드는/ 물소리 퐁당"이라는 하이쿠와 병기하여 이 구를 쓰고 '무릉산인 도세이(武陵散人桃青)'라 서명하고 있다. 산인(散人)이란 세상사를 떠나 무용의 용(無用之用)을 숭상하는 사람인 것으로 보아 『장자』의 영향을 짐작할 수 있다. 계어는 '종다리'.

넓은 들이여
내려앉을 마음 없이
우는 종다리

原中(はらなか)や物(もの)にもつかず鳴雲雀(なくひばり) 『続虚栗』

끝없이 펼쳐진 들판, 봄볕 가득한 유구(悠久)한 천지간을 종다리 한 마리가 아무것에도 구애받지 않고 무심히 날아올랐다 내려왔다 한다. 『장자』의 "무하유지향(無何有之鄕)"(「逍遙遊」)의 경지를 표현하면서도 봄날 일말의 우수를 담고 있다. 계어는 '종다리'.

봄날 밤이여
참배객 누구일까
법당 모퉁이

春の夜や籠り人ゆかし堂の隅 『笈の小文』

이제 참배의 발길도 끊어져 하세데라(長谷寺)• 의 봄밤은 깊어 가는데 법당 한구석에 참배객 인기척이 났다. 누구일까, 무엇을 간절히 빌고 있을까……. 사랑 이야기로 유서 깊은 이 절의 고사도 연상되어 봄밤은 몽롱하고 환상적이다. 계어는 '봄밤.'

• 나라현 사쿠라이(桜井)시 하세(初瀬)에 있는 절. 특히 헤이안(平安)시대 귀족 여성들이 많이 참배했다.

종다리보다
높은 하늘에 쉬어 넘는
고갯마루여

雲雀(ひばり)より空(そら)にやすらふ峠哉(とうげかな)　『笈の小文』

나라의 높고 험준한 호소(臍) 고개를 넘으며 고갯마루에 부는 봄바람을 쏘이며 땀을 씻노라니 발아래에서 종다리 지저귀는 소리가 들려온다. 고갯길에서 내려다보이는 탁 트인 봄날의 경관과 험로(險路)를 정복한 기분 좋은 피로감을 여백에 표현하고 있다. 계어는 '종다리'.

팔랑팔랑
황매화• 꽃잎 지는가
폭포 물소리

ほろほろと山吹(やまぶき)ちるか 滝(たき)の音(おと) 『笈の小文』

요시노(吉野)강의 급류가 바위에 부딪혀 폭포 소리를 내는데 기슭의 샛노란 황매화 꽃잎이 바람도 없이 팔랑팔랑 지고 있다. 마치 급류의 기세에 꽃이 지는 착각을 일으킨다. 요시노강과 황매화는 짝이 되는 시재. 계어는 '황매화'.

• 일본 시가에서 늦봄 시재로 자주 등장한다. 물가에 낮게 휘늘어져 피는 모습에서 개구리 울음과 짝이 되어 읊어지기도 한다. 이 꽃에 연유하여 짙은 노랑색을 황매화색(山吹色)이라 한다.

녹초가 되어
여숙(旅宿) 찾을 무렵이여
등꽃송이

草臥て宿かる比や 藤の花 『猿蓑』

긴 봄날 하루해를 걷다 지쳐 하룻밤 묵을 곳을 찾을 무렵, 해도 뉘엿뉘엿 넘어가고 땅거미가 지기 시작한다. 몽롱하게 드리워진 연보랏빛 등꽃이 지친 시야에 들어와 해거름의 여수(旅愁)를 더한다. "녹초가 되어"라는 통속적인 언어가 오히려 아름답게 녹아들어 있다. 아, 노곤한 봄날 저녁이여! 계어는 '등꽃'.

가는 봄이여
새 울고 고기 눈엔
어리는 눈물

ゆくはる　とりなきうお　め　なみだ
行春や鳥啼魚の目は泪　『おくのほそ道』

'아, 봄도 이제 다 지나가는구나! 가는 봄이 아쉬워 새가 울고 무심한 물고기 눈에도 눈물이 고였다.' 바쇼가 장도(長途)의 오쿠노 호소미치(おくのほそ道) 여행을 나서며 다정한 사람들과 이별하는 아쉬움을 석춘(惜春)의 정에 담아낸 것. 가는 계절의 아쉬움과 석별의 정을 자연에 이입하여 읊은 것이 이 작품의 매력. 도연명의 "새장의 새는 예 살던 숲을 그리워하고 연못 물고기는 예 노닐던 호수를 그리워한다."• 나 두보의 "시절을 슬퍼하여 꽃을 봐도 눈물을 흘리고 이별을 한탄하며 새소리에도 마음 아파한다."•• 등의 시구가 바탕에 깔려 있다.

• "羈鳥戀舊林 池魚思故淵"(「歸田園居」)
•• "感時花濺淚 恨別鳥驚心"(「春望」)

저녁 종소리도
들리지 않는구나
봄날 해거름

入(いり)あひ(い)のかねもきこへ(え)ずはるのくれ 『真蹟懷紙*』

나른함이 몰려오는 봄날 해거름. 하다못해 저녁 종소리라도 들려온다면 이 우울함과 무료함으로부터 벗어날 수 있을 텐데, 아무 소리도 들리지 않고 아무 일도 없이 그냥 하루가 저물어 간다. 봄날 저녁과 종소리는 서로 짝이 되는 시재.** 계어는 '봄날 해거름.'

---

* 바쇼 친필 종이.

** "산골 마을에 봄날 해거름 찾아와 보니 산사의 저녁 종소리에 벚꽃이 지는구나"라는 노인(能因)의 유명한 와카(和歌)가 있다.

거적을 쓰고
뉘신지 앉아 계시네
꽃 피는 봄

薦(こも)を着(き)て誰人(たれびと)います花(はな)のはる 『其袋』

경사스런 정월 초하루. 모두 곱게 차리고 거리를 오가는데, 화사한 봄과는 대조적으로 한 걸인이 길바닥에 거적을 쓰고 앉아 있다. 어쩌면 세상을 등진 귀인이 아니신지? 계어는 '꽃 피는 봄.'

벚꽃 그늘에
국물도 생선회도
꽃잎이로다

木(こ)のもとに汁(しる)も鱠(なます)も桜(さくら)かな　『ひさご』

벚꽃놀이 주연(酒宴)이 한창인데 꽃잎이 끊임없이 술안주 위에 떨어져 국물도 생선회도 꽃잎으로 가득하다. 고전 시가에서는 시재가 되지 못했던 일상의 음식을 벚꽃과 함께 읊어 꽃놀이의 흥을 표현한 것이 묘미. 계어는 '벚꽃'.

가는 봄을
오미 사람들과
아쉬워했네

行春(ゆくはる)を近江(おうみ)の人(ひと)とおしみける 『猿蓑』

석춘(惜春)의 정. 비와코(琵琶湖)에 배를 띄워 오미(近江, 비와코 주변 지방) 사람들과 가는 봄을 감상하며 덧없이 흐르는 세월을 함께 아쉬워했다. 비와코는 시가(滋賀)현에 있는 일본에서 가장 넓고 가장 많은 저수량을 지닌 호수로 흡사 바다처럼 보인다. 오미 사람들은 봄이면 몽롱하게 펼쳐진 호수의 경치를 더없이 사랑하여 풍류를 즐겼다. 바쇼는 제자 교라이(去来)와의 대화에서 가는 봄을 '오미 사람'들과 아쉬워함이 작품의 생명이며, 다른 어떤 사람들로도 대체될 수 없음을 강조하고 있다.(去来抄) 이 표현 하나만으로 비와코 호수 봄 빛깔의 아름다움과 그것이 지나가 버리는 데 대한 아쉬움을 모두 여백에 담아낼 수 있기 때문이다. 계어는 '가는 봄.'

게으름이여
흔들어서 잠이 깬
나른한 봄비

不性さやかき起されし春の雨 『猿蓑』

봄비 내리는 날의 나른한 정서. 한 번 눈을 떴는데 일어나기 귀찮아 이불 속에서 뭉그적거리다 또 잠이 들었다. 결국 식구가 흔들어 깨워 마지못해 일어났다. 얼마나 게으른지! 다 봄비 탓이다. 여백에는 오랜만에 돌아온 고향집에서 마음껏 게으름을 부릴 수 있는 안온함을 기꺼워하는 또 하나의 얼굴이 있다. 계어는 '봄비.'

꽁보리밥에
여위는 사랑인가
고양이 아내

麦めしにやつるる恋か猫の妻 『猿蓑』

고양이들이 발정(發情)하는 봄날 어느 하루, 암고양이가 영양가도 없는 꽁보리밥 한 덩어리밖에 못 얻어먹어 여윈 데다 수고양이를 좇아 헤매다 초췌한 모습을 하고 있다. '고양이 사랑(猫の恋)'은 하이쿠의 단골 주제이다. 봄은 고양이의 교미기로 여기저기서 고양이의 울음소리가 들린다. 그 비속하면서도 해학적인 이미지가 하이쿠적이어서 많은 시인들이 작품을 남겼다. 암고양이를 '고양이 아내'라 의인화해 부르는 것도 봄날 고양이의 성정을 친숙하게 헤아린 것이다. 이 작품 외에도 바쇼는 "고양이 사랑 끝날 적에 침실에는 으스름 달빛"•이라는 작품이 있다. 계어는 '고양이 사랑'.

• "猫の恋やむとき閨の朧月" 42쪽 참조.

쇠약함이여
치아에 와닿는
김 속의 모래알

衰(おとろい)や歯(は)に喰(くい)あてし海苔(のり)の砂(すな)　『をのが光』

김 속 모래알이 씹혀 “와작!” 하고 치아의 신경을 건드렸다. ‘찌잉’ 오는 즉물적(卽物的)인 통증에 한동안 정신이 아뜩하다. 아, 이제 이도 다 되었구나! 새삼 노쇠함을 절감한다. 젊었을 때는 이쯤이야 아무렇지도 않았는데……. 그야말로 밥상머리에서 느끼는 세월의 아픔이로다. 계어는 ‘김’.

꾀꼬리 날아와
떡에다 똥을 싸는
툇마루 끝

鶯(うぐいす)や餠(もち)に糞(ふん)する椽(えん)のさき　『葛の松原』

봄 햇살 화사한 안마당. 설날에 먹다 남은 떡에 곰팡이가 생겨 툇마루에 널어 말리는데, 어디서 꾀꼬리 한 마리가 날아오는가 했더니 아니, 똥을 싸 버린 것이 아닌가! 매화 등걸에 우는 우아한 꾀꼬리가 "똥을 싸는" 해학미와 함께, 햇살 화사한 안마당 정경에서 일상 속 따사로운 봄을 전하고 있다. 계어는 '꾀꼬리'.

고양이 사랑
끝날 적 침실에는
으스름 달빛

猫(ねこ)の恋やむとき閨(ねや)の朧月(おぼろつき) 『をのが光』

조용한 봄밤. 고양이 두 마리가 사랑을 나누며 끊임없이 울더니 겨우 그친 듯하다. 침실엔 으스름 달빛이 비치고 있다. 잠 못 드는 이의 사랑의 번민을 여백에 표현하여 봄밤은 요염하다. '으스름달밤' 즉 '오보로즈키요(朧月夜)'는 헤이안 시대의 고전 『겐지 이야기(源氏物語)』에 나오는 열정적인 여인의 이름이기도 해서 사랑의 메타포로 자주 등장하는데 하이쿠에서는 고양이와 연결시킨 것이 묘미이다. 계어는 '고양이 사랑'.

매화 향기에
불쑥 해가 치솟는
산길이여

むめがかにのっと日(ひ)の出(で)る山路(やまじ)かな 『炭俵』

어둑어둑할 때 길을 떠나 산길을 걷는데 맑고 차가운 새벽 공기에 매화 향기가 은은하게 감돈다. 이른 봄의 청랭(淸冷)한 기운에 감동하는 찰나, 붉은 아침 해가 불쑥 구름을 헤치고 솟아나왔다. "불쑥"이라는 구어 표현이 당시로서는 획기적. 계어는 '매화'.

봄비 내리네
벌집 타고 흐르는
지붕의 누수(漏水)

春雨や蜂の巣つたふ屋ねの漏 『炭俵』

봄비가 부옇게 소리 없이 내리고 있다. 종일 틀어박혀 멍하니 밖을 응시하다 처마 밑 벌집에 시선이 멎었다. 초가지붕에서 스며 나온 비가 그 벌집을 타고 흘러 방울져 똑똑 떨어지고 있다. 종일 방문객도 없는 적적한 시간의 흐름을 여백에 표현하고 있다. 계어는 '봄비.'

2부

여름

말은 터벅터벅
그림 속의 나를 보는
여름 들판

馬ぼくぼく我を絵に見る夏野哉 『水の友』

풀 내음 물씬 풍기는 넓은 여름 들판을 터벅터벅 말이 걷고 있다. 말 등에서 흔들거리며 말이 가는 대로 몸을 맡기고 있노라면 문득 두보(杜甫), 두목(杜牧), 소동파(蘇東坡)와 같은 중국 문인들이 나귀 타고 완보하는 장면「기려도(騎驢圖)」가 생각난다. 바쇼는 이때 거처하던 후카가와 강가의 암자가 전소(全燒)되어 유랑하는 신세였다. "터벅터벅"이라는 구어 표현에는 세상사에 연연하지 않는 한가로운 자신의 모습을 객관화하는 해학과 여유로움이 있다. 계어는 '여름 들'.

모란 꽃술 깊숙이
헤집고 나오는 벌의
아쉬움이여

牡丹(ぼたん)蘂(しべ)ふかく分出(わけいづ)る蜂(はち)の名残(なごり)哉(かな) 『野ざらし紀行』

‘모란의 풍성한 꽃술 사이에 파고들어 마음껏 꿀을 들이켠 벌이 헤집고 나올 때처럼, 융숭히 대접받고 떠나려니 못내 아쉽군요.’ 아쓰타(熱田)의 도요(桐葉)의 집을 떠날 때 남긴 인사. 이 당시 인사 대신 하이쿠를 읊는 경우가 많았다. 계어는 ‘모란’.

해진 여름옷
아직도 이(蝨)를 다
잡지 못하고

夏衣(なつごろも)いまだ虱(しらみ)をとりつくさず 『野ざらし紀行』

긴 여로 끝에 좀처럼 풀리지 않는 여독으로 몸이 찌뿌드드하다. 여름내 여행하며 입은 옷에 붙은 이를 아직도 다 못 잡았다. 누추한 옷에 붙어 기생하는 이는 은자(隱者)나 나그네의 남루함의 상징이기도 했다. 이를 잡을 힘도 없는 고단함을 이야기하면서도 일말의 웃음과 여유가 묻어난다. 계어는 '여름옷.'

여보게 함께
보리 이삭 먹세그려
풀베개 베고

いざともに穂麦喰はん草枕　『野ざらし紀行』

'가다가 비록 보리 이삭을 씹으며 허기를 채우는 일이 있더라도 그 또한 흥이 아닌가. 우리 마음 맞는 친구끼리 길동무하지 않겠나.' 여행의 괴로움을 말하려 하는 것이 아니라, 일명 '보릿가을(麥秋)'이라 하는 보리 익는 여름날 나그네 시정을 읊은 것. 계어는 '보리 이삭'.

장맛비 오네
물통 테 터지는
한밤의 소리

五月雨(さみだれ)や 桶(おけ)の輪(わ)きるる夜(よる)の声(こえ) 『真蹟懷紙』

밤늦도록 추적추적 장맛비가 내리고 있다. 빗소리만 들리는 한밤에 어디선가 물통 테 터지는 소리가 났다. 나무로 엮은 물통이 쉴 새 없이 내리는 비에 불어 테가 터진 것이다. 장마철의 음울한 적막감이 더한다. 계어 '여름 장마'.

머리 텁수룩
안색은 창백하다
눅눅한 장마

髪はえて容顔蒼し五月雨（かみはえてようがんあおしさつきあめ） 『続虚栗』

장맛비에 두문불출 틀어박혀 있자니 만사 귀찮아져 삭발한 머리 손질도 하지 않았다. 문득 거울을 보니 머리는 텁수룩하게 자라 있고 얼굴빛이 창백하다. 장마의 음습한 감각이 사실적이다. 계어는 '여름 장마.'

가재 한 마리
발에 기어오르는
맑은 시내여

さざれ蟹(がに) 足(あし)はひのぼる(い)清水(しみず)哉(かな) 『いつを昔』

차갑고 맑은 시내에 더운 발을 담그고 한숨 돌리는데 작은 게 한 마리가 무심히 발에 기어오른다. 물빛에 반사되는 하얀 발과 까만 게의 선명한 대비가 사생적(寫生的)이다. 작은 생물의 자득의 경지를 발견하고 한동안 그냥 기어오르게 하며 바라보고 있는 바쇼의 얼굴이 보이는 듯하다. 계어는 '맑은 시내'.

취해서 자련다
패랭이꽃 피어난
바위에 누워

酔て寝むなでしこ咲ける石の上 『あつめ句』

오늘밤은 바람이나 쐬면서 기분 좋게 술이나 마셔 보자꾸나. 마시다 취하면 패랭이꽃 피어난 바위 위에서 한숨 자면 될 것을. 그 옛날 이소노카미데라(石上寺)• 에서 미녀 고마치(小町)•• 와 객승 헨조(遍昭)가 주고받은 와카(和歌)••• "바위에 누워/ 노숙을 하려 하니/ 너무 추워요/ 이끼 옷을 저에게/ 빌려줄 수 없나요", "세상 등진 몸/ 이끼 옷마저/ 한 벌밖에 없구려/ 빌려주지 못하니/ 둘이 함께 잡시다"(『後撰集』)라는 화답을 바탕에 깔고 있다. "바위에 누워"는 '石上寺'라는 절 이름에서 연상한 것. '패랭이꽃'은 미녀 고마치의 상징이다. 계어는 '패랭이꽃'.

• 혹은 기요미즈데라(清水寺)로 전하는 고사도 있음.
•• 절세 미녀로 이름난 헤이안 시대의 가인(歌人).
••• 5·7·5·7·7의 운율을 지닌 전통 시가. 우아함과 섬세한 정취를 중시한다.

문어단지여•
허무한 꿈을 꾸네
하늘엔 여름 달

蛸壺やはかなき夢を夏の月 『猿蓑』

"아카시(明石)••에서 하룻밤 묵다"라는 서문이 있다. 아카시 포구에 정박해 있는 고기잡이배에 흔들리며 객수에 젖는데, 때마침 여름 달빛은 창백한 빛을 발하며 밤바다 풍경을 몽환(夢幻)의 세계로 끌어들인다. 아카시 일대는 문어잡이로 유명한 곳. 오늘밤도 바다 밑 문어는 날이 새면 잡힐 운명도 모르고 단지 속에서 허무한 꿈을 꾸고 있겠지. 짧은 여름밤은 금방 새고 말 텐데……. 그 옛날 『겐지 이야기(源氏物語)』의 애화(哀話)를 간직한 아카시 포구의 시정(詩情)을 문어와 문어단지 그리고 짧은 여름밤의 해학 속에 살린 것이 묘미. 계어는 '여름 달.'

• 문어단지는 구멍에 잘 들어가는 문어의 성질을 이용한 어구(漁具). 긴 줄에 매단 질그릇 단지를 밤새 바다 밑에 가라앉혀 두었다가 이튿날 아침 일찍 들어 올려 잡는다.

•• 아카시는 『겐지 이야기』의 주인공 겐지가 귀양 간 곳으로, 유배지의 쓸쓸한 정취와 더불어 그 지방 여인과의 신분을 넘은 사랑 이야기로 유명하다.

흥이 나다가
금세 서글퍼라
가마우지 배

おもしろうてやがてかなしき鵜船哉（うぶねかな） 『真蹟懷紙』

'가마우지 배'는 가마우지를 길들여 은어 같은 물고기를 잡아먹게 하고 다시 뱉어 내게 하는 식으로 어로를 하는 배를 가리킨다. 에도시대 당시 횃불을 켜 놓고 가마우지 목에 줄을 묶어 조종하는 우쇼(鵜匠)가 고기잡이하는 모습을 구경하는 것이 풍물로 정착되어 있었다. 캄캄한 밤중에 횃불을 켜고 "호오, 호오" 가마우지 부르는 소리, 뱃바닥을 두드리며 은어 깨우는 소리, 목줄 당기는 멋진 솜씨 등으로 한껏 흥이 오르다 불이 꺼지고 금세 어둠으로 돌아가는 쓸쓸함을 읊은 것이다. 가마우지에게 고기를 뱉어 내게 하는 어로의 잔혹함에 대해 생각하게 하는 노(能) 「가마우지 고기잡이(鵜飼)」의 이미지를 배경에 깔고 있다. 계어는 '가마우지 배'.

여물 지고 가는
사람을 길잡이 삼는
여름 들이여

秣負ふ人を枝折の夏野哉 『陸奥衛』

여름 들판은 풀이 무성하여 어디로 가야 할지 길이 안 보일 정도인데, 마침 소 먹일 여물을 잔뜩 진 사람이 들 저쪽에 가고 있다. 그 뒷모습을 좇으며 풀 내음 가득한 길을 재촉한다. 계어는 '여름 들.'

여름 잡초여
무사들의 꿈이
사라진 흔적

夏草や兵共がゆめの跡 『おくのほそ道』

히라이즈미(平泉) 일대는 그 옛날 공명(功名)을 꿈꾸던 무사들이 쫓고 쫓기는 싸움을 벌이다 죽어 간 전장•이다. 허무한 꿈을 묻은 채 황폐한 들에는 잡초만 무성하게 자라고 있다. 바쇼의 『오쿠노 호소미치』 기행문에는 위 작품의 지문에 "나라는 망했어도 산하는 그대로다. 성에는 봄이 되니 풀이 무성하구나"•• 라는 두보의 「춘망」 문구가 인용되어 있다. 변함없는 자연과 허무한 생의 대조가 선명하다. 계어는 '여름 잡초.'

• 후지와라(藤原) 일족이 도호쿠(東北) 지방의 히라이즈미 일대에서 부귀영화를 누리고 있었는데 요시쓰네(義経)가 형 요리토모(頼朝)에게 쫓겨 의탁하게 되자 요시쓰네도 죽고 그를 비호하던 후지와라 일족도 멸망하게 된다.

•• "國破山河在 城春草木深"(「春望」)

벼룩과 이
말이 오줌 싸는
베개 머리맡

蚤虱馬の尿する枕もと 『おくのほそ道』

오쿠노 호소미치 여행길에서 묵을 곳이 없어 헛간이나마 빌려 눈을 붙이려 하는데, 벼룩과 이가 끓고 머리맡에서 말이 오줌을 싸는 통에 도무지 잠을 이룰 수가 없다. 아, 서글픈 나그네 신세여! 하이쿠에서 벼룩과 이는 서민의 빈한한 일상을 나타내는 단골 소재이다. 계어는 '벼룩'.

한적함이여
바위에 스며드는
매미 울음

閑さや岩にしみ入る蟬の声 『おくのほそ道』

오쿠노 호소미치 여행 도중에 들른 릿샤쿠지(立石寺). 절 주위에 바위가 많다. 한적한 절간에 매미 소리만 바위를 뚫을 듯이 들려온다. 매미 소리로 인하여 산사의 정적감은 더욱 깊어진다. 왕적(王籍)의 "매미 울어 숲은 점점 고요해지고 새가 지저귀니 산은 더욱더 그윽하다"• 와 같은 세계. "바위에 스며드는" 표현에서 차가운 바위의 감촉과 매미의 가늘고 맑은 소리(씽씽매미로 추정)가 연상되어 여름 산사의 청징(淸澄)함이 강조된다. 계어는 '매미'.

• "蟬噪林逾靜 鳥鳴山更幽"(「入若耶溪」)

장마 빗물을
다 모아서 급하다
모가미 강물

さみだれをあつめて早(はや)し最上川(もがみがわ) 『おくのほそ道』

오쿠노 호소미치 여행 도중에 급류로 이름난 모가미강에 당도했다. 때마침 장마 빗물이 모여 넘칠 듯한 급류가 되어 장관을 이루고 있다. 와카에서 '장맛비'라는 시재는 내적인 음울함을 정적(靜的)으로 읊는 것이 일반적이었으나, 이 하이쿠에서는 역동적인 시원함을 서경적으로 표현한 점에 획기적 전환이 있다. 계어는 '장맛비'.

기사카타여
빗속의 서시(西施) 얼굴
자귀 꽃송이

象潟や雨に西施がねぶの花 『おくのほそ道』

기사카타*의 바닷가 호수에 비가 내려 몽롱한 풍정(風情)이다. 비안개 속에 미인 서시**가 우수에 잠겨 눈을 감은 듯한 모습의 자귀꽃이 피어 있다. 자귀나무는 저녁이면 잎을 닫기 때문에 'ねぶ(む)のき(잠자는 나무)'라 하며 담홍색 꽃이 핀다. 그 옛날 중국의 소동파가 날이 맑을 때나 비가 올 때나 아름다운 서호(西湖)를 서시의 화장에 빗대어, "서호의 아름다움을 서시에 비유하고자 하니 엷은 화장 짙은 화장 모두 좋구나"***라고 읊은 한시에서 착안했다. "마쓰시마(松島)는 웃는 듯하고 기사카타는 근심에 잠긴 듯하다(『おくのほそ道』)"라는 바쇼의 말처럼 기사카타의 음울한 풍정과 자귀꽃, 서시의 우수에 잠긴 모습이 적절히 어우러져 수채화 같은 아름다움을 그려 내고 있다. 계어는 '자귀 꽃'.

---

* 일본 서해에 면한 기사카타는 사구(砂丘)로 외해(外海)와 분리된 얕은 호수의 아름다움으로 유명하다.

** 서시는 중국 춘추시대 월왕 구천이 오왕 부차에게 바친 미인. 심장병을 앓아 자주 얼굴을 찌푸렸다 전한다.

*** "欲把西湖比西子 淡粧濃抹摠相宜"(「飮湖上初晴後雨」)

올 들어 첫 참외
네 쪽으로 쪼갤거나
통으로 자를거나

初真桑(はつまくわ) 四(よつ)にや斷(たた)ン輪(わ)に切(きら)ン 『真蹟懷紙』

즉흥구. '올 들어 처음 참외가 상에 올라왔다. 아, 여름이구나! 싱싱하고도 맛있게 생겼다. 요놈을 세로로 네 쪽 내어 먹을거나, 아니면 가로로 통으로 잘라 먹을거나.' 기꺼워하는 모습으로 참외를 대접한 주인에 대한 인사를 표함은 물론, 신선한 미각으로 초여름을 물씬 느끼게 한다. 종래에는 시재가 될 수 없었던 참외를 소재로 하여, 구어를 그대로 사용하여 읊음으로써 서민의 일상을 시로 승화시키는 하이쿠의 단면을 보여 준다. 계어는 '참외'.

해 가는 길로
접시꽃 기우네
장맛비 와도

ひ　みち　あおいかたむ　つき
日の道や葵傾くさ月あめ 『猿蓑』

마당의 접시꽃이 장맛비에 젖고 있다. 하늘은 회색빛으로 낮게 드리워져 종일 햇살 그림자조차 없는데 접시꽃은 태양의 가는 길을 아는 듯 조금씩 고개를 돌리고 있다. 계어는 '접시꽃'.

반딧불이여
사공이 취했으니
이를 어쩌나

ほたる見(み)や船頭酔(せんどうよう)ておぼつかな　『猿蓑』

밤 나룻배를 타고 세타(勢多, 瀬田)[•]의 풍물인 반딧불이 구경을 하며 선상의 주흥이 한창 무르익는데, 사공도 손님에게 한 잔 두 잔 얻어 마신 술로 취해 버렸으니 허 그 참 걱정되네! 캄캄한 여름밤 허공을 날며 반짝이는 반딧불이는 고전 시가에서는 '사랑으로 가슴 앓는 마음의 불'의 은유였다. 그러나 여기서는 어지러이 나는 반딧불 빛을 한판 술자리의 흥과 연결해 해학적으로 표현한 것이 서민 하이쿠의 맛이라 할 수 있다. 계어는 '반딧불 구경'.

• 시가(滋賀)현 오쓰(人津)시 지명. 석양이 아름다워 오미 팔경(近江八景)의 하나로 유명하다.

강바람이여
연한 감빛 적삼 입고
땀 씻는 저녁

川(かわ)かぜや薄(うす)がききたる夕(ゆう)すずみ 『をのが光』

교토 가모가와(鴨川) 강변 시조가와라(四条河原). 각양각색의 남녀노소가 저녁 바람을 쐬고 있다. 그중 연한 감빛 홑옷을 강바람에 날리며 땀을 씻고 있는 사람의 단아한 모습이 여름날 운치를 더한다. 연한 감빛(薄柿, うすがき)은 감으로 물들인 연한 적갈색. 편안하면서도 멋스런 색감과 함께 서민의 일상이 담백하게 묘사되어 있다. "모래 위를 시냇물이 흐르듯" 표현한다는 바쇼의 가루미(かるみ)[•]의 미학을 보여 준다. 계어는 '저녁 바람 쐬기(納涼)'.

• 바쇼가 만년에 주장한 하이쿠 표현의 미. '오모미(重み)'에 대응하는 말. 자연 관조를 통해 내적인 리듬이 평명(平明)한 표현으로 나타나는 것. 주관과 작위(作爲)를 배제한다. 예술적인 자세로 일상성 속에서 시를 찾아 일상의 언어를 통해 표현하는 시풍(詩風)을 개척하여 서민시의 방향을 제시했으나 미완에 그치고 타계했다.

울적한 나를
쓸쓸하게 해 다오
뻐꾸기여

うき我(われ)をさびしがらせよかんこどり 『嵯峨日記』

서문에 "혼자 있는 만큼 재미있는 것은 없다. 초쇼 은사(長嘯隱士)가 이르기를 '객이 반나절의 한가함을 얻으면, 주인은 반나절의 한가함을 잃어버린다.'고……."라 쓰고 있다. 혼자 있는 쓸쓸함을 즐기고 싶은 심경의 토로이다. '울적(鬱積)함'이라는 것은 뭔가에 매달려 답답한 상태이나, '쓸쓸함'은 번잡함에서 벗어난 적적한 상태이며 문사들이 추구하는 경지이다. 방랑 승려 시인 사이교는 "찾는 사람/ 발길도 끊어진/ 산골 마을은/ 쓸쓸함이 없다면/ 살기 괴로우리"[•]라는 와카를 읊었지. '그래, 뻐꾸기여, 답답하고 울적한 나를 너의 맑은 목소리로 쓸쓸하게 해 다오.'라고 주문하고 있다. 계어는 '뻐꾸기'.

• "とふ人も思ひ絶えたる山里はさびしさなくば住み憂からもし"(『山家集』)

장마 비구름
하늘을 쓸어가라
오이(大井) 강물

さみだれの空吹(そらふき)おとせ大井川(おおいがわ) 『続猿蓑』

여름 장마가 계속되어 오이 강물이 불어나 발이 묶여 버렸다. 강물은 탁류가 되어 엄청난 기세로 흐르고 있다. 탁류여! 어둡게 드리운 침울한 비구름을 말끔히 씻어가 버려라! 급한 물살의 역동성에 장마철 답답한 심경을 분출시켜 버리려는 듯하다. 계어는 '장맛비'.

아침 이슬에
얼룩져 시원하다
참외의 진흙

朝露(あさつゆ)によごれて涼(すず)し瓜(うり)の土 『続猿蓑』

여름 아침, 교라이의 별장에서. 뒷밭에 나가 보니 밤새 이슬이 촉촉이 내렸다. 지면에 뒹굴고 있는 참외가 이슬에 젖어 거뭇거뭇 진흙이 묻었다. 그 얼룩진 모습이 참으로 시원해 보인다. 청신한 전원의 아침이 평범한 터치로 살아난다. 계어는 '참외'.

여름밤이여
허물어져 날이 샌
술상의 냉채

夏の夜や崩て明し冷し物 『続猿蓑』

밤새도록 흥을 다하고 날이 샌 후 쓸쓸하고 허전한 술자리. 제제(膳所)의 교쿠스이(曲水) 집에서 마음이 통하는 문제(門弟)들과 함께, 떠돌아다니는 처지에 또 언제 만날지 모른다는 생각이 들어 시원한 냉채 주안상에 둘러앉아 밤새도록 이야기 잔치를 벌였다. 어느새 날이 새니 음식들은 형체도 없이 불어 터져 버렸다. 여름밤은 참 짧기도 하구나! 허전함이 엄습한다. 계어는 '여름밤.'

3부

가을

암수 사슴
털에 털이 뒤엉켜서
털이 부숭숭

女(め)をと鹿(じか)や毛(け)に毛(け)がそろふて毛(け)むつかし 『貝おほひ』

언어유희적인 초기 하이쿠의 묘미를 느낄 수 있는 작품이다. 사슴은 가을이 교미기여서 암수 한 쌍이 서로 몸을 부비며 놀고 있는 모습을 재미있게 표현했다. 사슴은 전통 시가에서는 단풍철에 암사슴을 찾는 수사슴의 '울음소리'를 작자의 심경에 빗대어 읊는 것이 일반적이었다. 여기서는 사슴들이 엉키는 모습을 직접 형용한 것이 하이쿠적이라 할 수 있다. 털(毛, け)이라는 말을 세 번이나 반복하여 '케' 음의 리듬감을 살리고 있다. 바쇼는 젊은 시절 이러한 말놀이적인 하이쿠에 심취했으며, 비록 심오한 의미는 없었으나 가벼운 재치를 즐기며 서민들이 하이쿠에 친숙해지는 환경을 만들었다. 하이쿠는 원래 해학에서 출발했다. 계어는 '사슴'.

한밤에 남몰래
벌레는 달빛 아래
밤을 갉는다

夜(よ)ル竊(ひそか)ニ虫(むし)は月下(げっか)の栗(くり)を穿(うが)ツ 『東日記』

구월 열사흗날 밤.• 고요하고 맑은 달빛 아래 작은 벌레가 끊임없이 밤을 갉고 있다. 작은 밤벌레의 움직임으로 달밤의 정적감을 여백에 표현하고 있다. 고시 "봄바람은 고요히 뜰 앞의 나무를 가르고, 밤비는 몰래 돌에 덮인 이끼를 뚫는다."••의 영향을 받은 것. 계어는 표면에 나타나지 않지만 밤(栗)명월(名月)이라고도 하는 구월 '열사흗날 밤'.

• 이날은 후명월(後名月), 밤명월 혹은 십삼야(十三夜)라 하여 달맞이 풍습이 있다.

•• "春の風は暗に庭前の樹を剪る 夜の雨は偸に石上の苔を穿つ"(『和漢朗詠集』)

마른 가지에
까마귀 앉아 있네
가을 해질녘

かれ朶(えだ)に烏(からす)のとまりけり秋(あき)の暮(くれ) 『曠野』

가을 해 질 녘 적막한 풍경. 잎을 다 떨군 마른 나뭇가지에 까마귀가 앉아 있고 그 가지 사이로 지는 해가 보인다. 수묵화의 소재인 '한아고목(寒鴉枯木)'에서 소재를 딴 것. 와카의 화려한 색채감을 벗어 버리고 한적고담(閑寂枯淡)한 정취를 담아냄으로써 바쇼 하이쿠의 방향성이 드러난다. 계어는 '가을 해질녘.'

수염 흩날리며
늦가을을 탄식하는
그는 누군가

髭風ヲ吹て暮秋嘆ズルハ誰ガ子ゾ 『虚栗』

서문에 "두보를 생각하며(憶老杜)"가 있다. '소슬한 추색(秋色)에 듬성한 수염을 바람에 흩날리며 늦가을을 탄식하는 사람은 대체 누구인가.'라는 의미. 두보의 "명아주 지팡이를 짚고 세상을 탄식하는 자는 누구뇨. 피눈물을 하늘에 흩뿌리며 흰 머리를 돌리네."•라는 시구를 연상하여 노시인의 고독한 시혼(詩魂)에 바쇼 자신의 심경을 중첩시키고 있다. 계어는 '늦가을.'

• "杖藜嘆世者誰子 泣血迸空回白頭"(「白帝城最高樓」)

파초에 태풍 불고
물대야에 빗소리
듣는 밤이여

芭蕉野分して盥に雨を聞く夜哉 『武蔵曲』

일본은 가을에 태풍이 자주 내습한다. '비바람이 사납게 몰아치는 가을밤. 암자에 독거(獨居)하며 파초(芭蕉) 잎사귀가 비바람에 찢기는 소리를 듣고 있는데, 물대야에 떨어지는 빗방울 소리가 스산함을 더한다.' 파초는 넓고 싱싱한 잎사귀를 하늘로 뻗으며 자라는 모습이 장관이다. 비바람이 치면 후두둑 빗방울 소리가 세차고, 잎이 세로로 찢어지며 스산한 풍경을 연출한다. 바쇼는 「파초를 옮겨 심는 글」에서 "다만, 그(파초) 그늘에 노닐며 풍우에 찢어지기 쉬움을 사랑할 뿐"이라고 하며, 암자에 심어 두고 파초암(芭蕉庵)이라 칭하고, 자신의 호(號)도 파초(일본음 '바쇼')라 지었다. 계어는 '가을 태풍.'

들판의 해골을
생각하니 뺏속에
스미는 바람

野ざらしを心に風のしむ身哉 『野ざらし紀行』

방랑하다 쓰러져 들판에 나뒹구는 해골이 될지도 모른다고 생각하며 길을 떠나니 차가운 가을바람이 휑하니 몸을 스치고 지나간다. '들판의 해골'이라는 의미의 노자라시 여행길을 나서며 읊은 구. 서문에 『장자』의 「소요유」가 인용되어 있는 것으로 보아 장자의 영향이 짙다. 세속의 모든 연을 끊고 절대 자유의 무하유(無何有)의 세계에 노닐고자 길을 떠나며, 해골이 될 각오를 새기니 뺏골을 스치고 지나가는 가을바람은 마치 천뢰(天籟: 자연의 속삭임)와도 같이 들린다. 계어는 '몸에 스미다'.

원숭이가 애달픈가
버려진 아이 갈바람
어떤가 보게

さる　きくひと すてご　あき　かぜ
猿を聞人捨子に秋の風いかに 『野ざらし紀行』

『노자라시 기행』 중 "후지가와(富士川) 강변을 지나는데 세 살배기 아이가 버려진 채* 애절하게 울고 있었다. 차마 급류에 던지지는 못하고 이슬이 사라질 촌음의 시간이나마 살아 있으라고 강변에다 버려두었겠지. 너는 어미한테 미움을 샀느냐. 아비한테 미움을 샀느냐. 어미는 너를 미워하는 게 아니요, 아비도 너를 미워하는 게 아니니라. 다만 천명으로 너의 운명이 기구함을 슬퍼하거라!"라는 문구와 함께 위 작품이 있다. 원숭이 울음은 한시에 흔히 나오는 시재.** '원숭이 울음소리를 듣고 객수(客愁)에 젖었던 옛 시인들이여, 가을 찬바람에 길바닥에 버려진 이 아이를 한번 보라! 그래 어떤 마음이 들겠는가?'라는 의미. 계어는 '가을바람.'

---

* 일본에는 에도시대(1603~1868)까지도 가난에 쪼들려 입을 덜기 위해 어린아이를 산에 버리는 일이 허다했다.

** "風急天高猿嘯哀"(두보, 「登高」), "三聲猿後垂鄕淚"(백낙천, 「舟夜贈內」), "巴猿三叫 曉行人の裳を霑ほす"(『和漢朗詠集』).

말에서 잠 깨어
꿈결에 달은 멀고
차 끓는 연기

馬に寝て残夢月遠し茶のけぶり 『野ざらし紀行』

어둑어둑한 새벽에 객사를 떠나 '말 위에서 아직 꿈속을 헤매는데 뭔가에 놀라 퍼뜩 눈을 떴다. 잠이 덜 깬 잔몽(殘夢) 속 몽롱한 시야에 먼 산에 희미하게 걸린 새벽달과 마을에 차 달이는 연기가 피어오르는 풍경이 어슴푸레 들어온다.' 당나라 시인 두목의 "채찍을 내리고 말에 몸을 맡기고 간다. 몇 리를 가도 아직 닭 우는 소리 들리지 않네. 산길에서 잔몽 속을 헤매는데 나뭇잎 날리는 소리에 퍼뜩 정신을 차린다……"• 라는 한시에 영향을 받은 것. 계어는 '달'.

• "垂鞭信馬行 數里未雞鳴 林下帶殘夢 葉飛時忽驚……"(「早行」)

달 없는 그믐
천년 묵은 삼나무를
껴안는 폭풍

みそか月(つき)なし千(ち)とせの杉(すぎ)を抱(だく)あらし 『野ざらし紀行』

이세신궁(伊勢神宮)의 외궁(外宮). 칠흑같이 어두운 그믐날 밤. 어둠 속에 우뚝 선 천년의 세월을 간직한 늙은 삼나무에 세찬 가을바람이 휘몰아친다. 흔히 와카에서 많이 읊어졌던 달밤의 이세신궁보다 그믐밤에 오히려 더하는 신역(神域)의 엄숙함과 청정함이 몸속에 스며들어 으스스함마저 느껴진다. 어둠 속 삼나무를 휘감는 가을바람은 하늘과 대지가 내뿜는 입김(噫氣)• 인가! 신덕의 광대무변함을 속삭이는 숨결인가! 계어는 '달'.

• "大塊噫氣 其名爲風"(『장자』, 「齊物論」)

손에 잡으면
사라질 눈물이여
뜨거운 서리

手にとらば消んなみだぞあつき秋の霜 『野ざらし紀行』

타지를 떠돌다가 오랜만에 돌아온 고향집. 어느새 장형(長兄)의 머리도 희끗희끗해져 있음에 세월의 통한을 느끼는데(『노자라시 기행』 중), '어머니의 유품인 백발을 손에 잡으니 북받치는 뜨거운 눈물로 가을 서리처럼 녹아 없어질 것만 같다.' 백발을 "뜨거운 서리"라 함으로써 형언할 수 없는 슬픔이 여백에 묻어난다. 작년에 타계한 어머니의 임종을 보지 못한 자책과 서리와 같은 덧없는 목숨에 대한 감회가 소조(蕭條)한 늦가을을 더욱 견디기 힘들게 한다. 계어는 '서리'.

죽지도 못한
나그네 잠 끝이여
저무는 가을

しにもせぬ旅寝の果よ秋の暮 『野ざらし紀行』

방랑하다 쓰러져 들판에 뒹구는 해골이 될지도 모른다고 생각했던 여행(『노자라시 기행』)이지만 목숨을 부지하고 잠시 여장을 풀 수가 있었다. 때마침 늦가을이라 더욱 깊어지는 객수를 달랠 길 없다. 계어는 '늦가을'.

달은 빠르다
가지 끝은 빗물을
머금은 채로

月はやしこずゑはあめを持ながら 『かしま紀行』真蹟•

가을 새벽의 우후(雨後) 풍경. "달은 빠르다"라는 말로 태풍이 한 차례 지났음을 여운으로 느끼게 한다. 비바람을 몰고 왔던 검은 구름이 빠르게 걷히는 속도감, 비는 그쳐도 아직 빗방울이 뚝뚝 듣는 수목들의 가지, 여백에 표현된 상량(爽凉)한 공기가 가을 아침을 감각적으로 전달한다. 계어는 '달'.

• 바쇼 친필 『가시마 기행문』.

도롱이벌레
소리 들으러 오게나
초가 암자

蓑虫の音を聞に来よ草の庵 『続虚栗』

서문에 "한가함을 듣는다(聽閑)"라는 문구가 있다. '암자에 혼자 있는 무료함을 달래며 가을바람 부는 뜰 앞에서 도롱이벌레 울음소리를 가만히 들어 보지 않겠는가?'라며 심우(心友, 마음의 친구)인 소도(素堂)에게 건넨 구. 도롱이벌레는 꼭 도롱이를 쓴 듯한 모습으로 가을철 마른 잎이나 나무껍질에 매달려 있는데 울지는 않는다. 그 무능무재(無能無才)하면서 바람 부는 대로 흔들리는 모습에 장자의 자족(自足)의 경지를 발견, 삿갓 하나 도롱이 하나에 몸을 의탁하는 바쇼 자신의 처지를 보는 듯하다. 울음을 들으러 오라 함은 서문에 나타나듯이, 그 한가로운 심성을 함께 마음으로 느껴 보자는 의미. 계어는 '도롱이벌레'.

고개를 드는
국화 모습 어렴풋
홍수가 든 뒤

起(お)きあがる菊(きく)ほのか也水(なりみず)のあと 『続虚栗』

계속된 비에 온통 잠겼다가 물이 겨우 빠져 황폐한 모습을 드러낸 뜰. 물살에 쓰러져 있던 국화가 부스스 고개를 드는 모습에 작은 생명체의 의지를 발견한 것. 태풍 후 뜰의 정경은 일본 시가에 자주 등장하는 시재. 그러나 종래 시가와는 달리 스산한 풍경은 여백 처리되었으며, 태풍을 이긴 작은 국화의 모습을 긴 시간 응시하는 작자의 마음을 느낄 수 있다. '물(物, '대상'이라는 의미)에 들어가서 정(情)이 합일할 때 저절로 시가 된다.'는 바쇼의 시작 태도를 보여 주는 작품. 계어는 '국화'.

떠나가는 이
뒷모습 쓸쓸하다
가을 찬바람

見送(みおく)りのうしろや寂(さび)し秋(あき)の風(かぜ) 『みつのかほ』

떠나가는 이의 멀어지는 뒷모습이 때마침 부는 가을바람 탓인지 너무 쓸쓸하여 석별의 적료(寂寥)함에 못 박혀 서 있다. 바쇼가 문제(門弟) 야스이(野水)를 떠나 보내며 읊었다. 계어는 '가을바람.'

한들한들
이슬을 머금었네
마타리 풀꽃

ひょろひょろと猶露(なおつゆ)けしや女郎花(おみなえし)　『曠野』

마타리는 가을 산야에 피는 풀꽃. 가늘고 긴 줄기 위에 노랗게 작은 꽃이 모여 핀다. 가련하고 여성적인 정취로 일본 시가의 주요 시재가 되어 왔다. 전통 시가의 주요 시재인 가을의 일곱 가지 풀꽃(秋の七草)• 중 하나. 가녀린 마타리가 꽃 무게로 금방이라도 쓰러질 듯한데 바람에 한들한들 흔들리니 마치 이슬을 머금은 모습이다. 계어는 '마타리'.

• 싸리꽃, 억새, 칡덩굴, 패랭이꽃, 마타리, 등골나물, 도라지. 이들 가을의 일곱 가지 풀꽃들은 섬세한 정취를 중시하는 일본 시가의 단골 시재다.

거친 바다여
사도섬에 가로놓인
밤하늘 은하

荒海(あらうみ)や佐渡(さど)によこたふ天(あま)の河(がわ)　『おくのほそ道』

거칠게 파도치는 밤바다! 일본 서해안은 특히 파도가 거칠기로 유명하다. 밤하늘에는 은하수가 사도(佐渡)섬으로 길게 가로놓였다. 유배지였던 사도섬은 준토쿠(順德) 왕을 비롯한 많은 사람들의 비운의 한숨이 서린 곳이다. 역사의 회한을 삼킨 바다와 거대한 은하의 장관에 접하여 유구한 세월의 흐름, 광대무변한 자연 앞에 미미한 존재의 슬픔을 느낀다. 계어는 '은하수'.

따갑게 쬐는
햇살은 무정해도
바람은 가을

あかあかと日(ひ)は難面(つれなく)もあきの風(かぜ) 『おくのほそ道』

긴 여름 여행 끝에 몸은 지쳐 있는데 무정하게 쬐는 햇살은 아직 따갑기만 하다. 그러나 절기로는 입추(立秋)가 지나 바람결에 가을 기운을 느낀다. 계어는 '가을바람.'

• 절기와 실제 계절 변화의 차이는 계절을 앞당겨 감지하는 시인적 감수성을 드러내는 시재로 자주 등장한다.

잔혹하구나
투구 밑에서 들리는
귀뚜리 울음

むざんやな甲(かぶと)の下(した)のきりぎりす 『猿蓑』

다다신사(多田, 多太神社)에 사네모리(実盛)• 의 투구가 간직되어 있었다. 백발을 물들여 싸움터에 나가 전사했다는 노무사(老武士) 사네모리. 그가 썼던 투구 밑에서 마침 귀뚜라미가 울고 있어 잔혹할 만큼 애처롭다. "잔혹하구나(むざんやな)"는 노「사네모리」의 문구. 계어는 '귀뚜라미'.

• 『헤이케 모노가타리(平家物語)』에 나오는 무사.

바위산의
바위보다 더 하얀
가을바람

石山の石より白し秋の風 『おくのほそ道』

나타데라(那谷寺) 경내에 하얗게 풍화된 바위산이 있다. 소슬하게 부는 가을바람은 그 바위보다 더 하얗게 느껴진다. 가을바람은 음양오행설에서 '금풍(金風)', '백풍(白風)'이라 하여 흰색으로 파악되어 왔다. 바람이 바윗돌의 차가운 하얀빛보다 더 하얗다 하여 소조(蕭條)한 가을 기운, 작자의 삭막한 심경을 감각적으로 전달한다. 계어는 '가을바람.'

대합조개
껍질과 살로 찢어져
떠나는 가을

蛤のふたみにわかれ行秋ぞ 『おくのほそ道』

만추의 석별의 아픔. 원문의 '후타미(ふたみ)'에는 '껍질(후타, 蓋)과 살(미, 身)'이라는 뜻과 지금부터 갈 곳인 '후타미(二見)'라는 해변 이름이 중첩되어 있다. 즉 '조개가 껍질과 살로 찢어지는 아픔을 느끼듯, 이별의 아픔을 참으며 후타미 해변을 향해 떠난다.'는 의미. "대합조개"를 읊음은 후타미 해변이 있는 이세(伊勢) 지방이 실제 대합의 명산지인 것에 착안한 것. 동음이의어를 이용하여 중층적 효과를 노리는 방법은 전통 시가의 흔한 수사법의 하나. 바쇼는 언어의 기교를 극히 싫어했지만 이 작품에서는 지명이 가져다주는 이미지를 최대한 살려 가을날 석별의 아픔을 전하는 데 효과적으로 쓰고 있다. 계어는 '가는 가을.'

이쪽 좀 보오
나도 서글프다오
저무는 가을

こちらむけ我(われ)もさびしき秋(あき)の暮(くれ) 『笈日記』

뒤돌아보고 있는 운치쿠(雲竹)• 화상(和尙)의 자화상에 대해 '이쪽 좀 보고 이야기라도 하지 않겠소? 그러잖아도 서글픈 이 가을 저녁에 나도 혼자라 쓸쓸하다오.'라고 그림 속 인물에게 말을 건네고 있다. 계어는 '저무는 가을.'

• 교토의 도지(東寺) 옆에 있는 말사(末寺), 간치인(觀智院)의 승려, 서예가. 바쇼와 친분이 있었다.

병든 기러기
추운 밤 내려앉아
객지 잠 자네

病鳫(やむかり)の夜(よ)さむに落(おち)て旅(たび)ね哉(かな) 『猿蓑』

가을도 깊었다. 밤이면 추위가 몸에 스며 잠을 설치는데 어디선가 병든 기러기 울음소리가 들리더니 내려앉아 자는 모양이다. 나 역시 긴 여로에 병들어 객사에서 고독하고 쓸쓸한 잠을 잔다. 병든 기러기에 병구(病軀)의 바쇼가 겹쳐지고 있다. 계어는 '추운 밤'.

남의 말 하면
입술이 시리구나
가을 찬바람

物(もの)いへば 脣寒(くちびるさむ)し秋(あき)の風(かぜ) 『芭蕉庵小文庫』

서문에 "좌우명/ 타인의 단점을 말하지 말라/ 나의 장점을 떠벌리지 말라."라고 쓰고 있다. 쓸데없는 이야기를 하고 있으면 가을바람이 휑하니 부는 듯하여 왠지 입술이 시리다. 교훈을 목적으로 한 것이 아니라 '그 말은 하지 않았어야 하는데…….'라는 자신이 뱉은 말에 대한 자괴감이다. 가을바람에 말을 하면 입술이 시린 계절 감각을 빌려 표현함으로써 느낌이 절실하게 다가온다. 계어는 '가을바람.'

원숭이 광대
원숭이 저고리를
다듬이질하네

猿引は猿の小袖をきぬた哉 『続有磯海』

에도시대에는 원숭이에게 재주를 부리게 하여 생계를 유지하는 사루히키(猿引, 猿回し)가 많았다. 사람 흉내를 내는 원숭이의 우스꽝스러움, 구경꾼에게 돈을 받아 근근이 살아가는 고단한 삶의 모습으로 인해 서민극 교겐(狂言)이나 하이쿠의 단골 소재가 되었다. 위의 하이쿠에서는 가을이 되어 밤이 이슥하면 여기저기서 옷을 두드리는 다듬이 소리가 들려오는데, 원숭이와 하루하루 살아가는 원숭이 광대는 원숭이에게 입힐 작은 저고리를 다듬이질하고 있다는 의미. 삶의 무게가 묻어난다. 계어는 '다듬이'.

어부의 집엔
작은 새우에 섞인
곱등이로다

海士(あま)の屋(や)は小海老(こえび)にまじるいとど哉(かな) 『猿蓑』

어부의 집 토방. 평평한 소쿠리에 자잘한 새우가 담겨 있는데, 잘 보니 그 사이에 새우와 비슷한 곱등이•가 섞여 있다. 어부집 토방이나 툇마루 등에 흔히 있을 법한 정경. 주정적(主情的)인 종래 시와 달리 서민적 일상을 사생적으로 그려낸 점에 근대시적 감각이 있다.•• 계어는 '곱등이'.

• 여치과의 황갈색 곤충. 길이 3센티미터 정도로 촉각이 길다. 뒷다리가 길고 굵어 잘 뛴다. 부엌 등 음습한 지역에 많다.
•• 구집 『사루미노』 편집 당시 "병든 기러기 추운 밤 내려앉아 객지 잠 자네"와 위의 "어부의 집엔……"의 선택을 놓고 제자 교라이와 본쵸(凡兆)가 설전을 벌임. "병든 기러기……"는 감상이 노골적이고 관념적이나 격조 높고 심상 풍경이 잘 나타나 있으며, "어부의 집엔……"은 일견 평이하나 소재의 신선함과 사생적인 미를 인정할 수 있다고 대립하여 결국 두 작품 모두 수록되었다.

초가을이여
개어 둔 채로 덮는
모기장 이불

初秋(はつあき)や畳(たた)みながらの蚊帳(かや)の夜着(よぎ) 真蹟懐紙

모기장은 하이쿠의 단골 소재. 어느새 밤이면 날이 제법 쌀쌀해졌는데 아직 두꺼운 이불은 꺼내지 않았다. 여름내 사용했던 모기장이 이제 필요 없을 듯하여 개어서 방 윗목에 두었는데 이거라도 덮고 자야겠다며 이불 삼아 덮었다. 미묘한 계절 변화와 그에 순응하며 살아가는 인간 삶의 모습을 평이한 말과 일상적인 생활 도구로 잘 나타내고 있으며, 계절의 흐름에 대한 일말의 애수를 담아낸다. 계어는 '초가을'.

소 외양간에
모기 소리 어두운
늦더위여

牛部(うしべ)やに蚊(か)の声闇(こえくら)き残暑哉(ざんしょかな) 『三冊子』

절기는 분명 가을인데 늦더위가 기승을 부려 어두컴컴한 외양간 구석에서 찌는 냄새와 함께 모기 소리가 난다. 모기 소리를 어둡다고 표현한 것은 더위에 짜증나고 답답한 바쇼 자신의 기분이기도 하다. 긴 여름 동안 쇠약해진 몸에 늦더위는 정말이지 견디기 힘들다! 농가의 일상을 통해 잔서(殘暑)의 계절 감각을 담아낸 것이 이 하이쿠의 묘미. 평이함 속에 시취(詩趣)를 찾는 바쇼 만년의 가루미의 경지가 잘 나타나 있다. 계어는 '늦더위'.

사립문이여
날 저물어 얻은
국화주 한 병

草(くさ)の戸(と)や日暮(ひくれ)てくれし菊(きく)の酒(さけ) 『笈日記』

“사립문이여”에는 찾아오는 사람 없이 문이 닫힌 집의 적적한 분위기가 그려져 있다. 한 일도 없이 오늘도 하루해가 저물었다. 그러고 보니 오늘은 9월 9일 중양절(重陽節)이지. 혼자 고적하게 살다 보니 그 의미를 챙길 수도 없다. 술 한잔이 간절하게 생각나는 그때! 누군가 문을 두드렸다. 중양절날 딱 어울리는 국화주 한 병을 들고 찾아온 것이 아닌가. 가을 저녁에 찾아든 이를 진정으로 반기는 마음에서 홀로 사는 적막함이 여백에 묻어난다. 계어는 ‘국화주’.

나팔꽃이여
낮에는 빗장 지른
대문 울타리

蕣(あさがお)や 昼(ひる)は錠(じょう)おろす 門(もん)の垣(かき) 『藤の実』

1693년 바쇼가 쉰 살이 되던 해, 육체적 정신적으로 피로한 상태에서 사람들과 교제를 끊고 한 달 정도 칩거했을 때의 구. 아침나절 잠깐 문을 열고 낮에는 빗장을 지른 채 방문객을 사절하고 틀어박힌 요즈음, 나팔꽃도 주인의 마음을 아는지 아침나절만 꽃을 피운다. 바쇼는 이때 칩거의 변으로 「폐관의 설(閉関之説)」을 써서 인생을 돌아보며 색욕, 물욕 등 인간의 욕망에 대해 성찰했다. 계어는 '나팔꽃'.

비릿하구나
물옥잠 잎사귀의
피라미 창자

なまぐさし小(こ)なぎが上(うえ)の鮠(はえ)の腸(わた) 『笈日記』

잔서(殘暑)가 가시지 않아 해가 쨍쨍한 가을날.* 물옥잠이 군생(群生)하는 물가를 지나는데 그 잎사귀 위에 피라미 창자가 버려져 있다. 낚은 피라미가 늦더위에 상할까 봐 창자는 빼서 버린 것이겠지. 비릿한 내음이 늦더위를 더욱 실감케 한다. 계어는 '물옥잠'.

---

* 『오이닛키(笈日記)』, 『산조시』 등의 자료에 의거한다.

떨어진 달의
흔적은 책상의
네 모서리

いるつき　あと　つくえ　よすみかな
入月の跡は机の四隅哉 『句兄弟』

추모의 정. 달이 져 버린 후(도쥰•이 세상을 뜬 후), 어스레한 빛 속에 아무것도 놓여 있지 않은 주인 없는 책상 네 귀퉁이만 빈자리를 말해 준다. 계어는 '달'.

• 東順, 바쇼의 수제자 기카쿠(其角)의 부친.

맨드라미여
기러기 날아올 제
더욱 붉어라

けいとう　かり　とき
鷄頭や鳫の來る時なをあかし　『続猿蓑』

맨드라미(鷄頭)는 안래홍(雁來紅)이라는 시적인 이름이 붙어 있는데 과연 문자 그대로 가을날 북녘에서 기러기가 날아올 무렵이 되니 더욱 붉어져 마치 불타는 듯하구나. 안래홍이라는 이름에 의지한 관념적인 구가 아니라 실제 눈앞에 타는 듯이 붉은 맨드라미를 보고 감동한 것이다. 계어는 '맨드라미'.

서늘하게
벽에다 발을 얹고
낮잠을 자네

ひやひやと壁(かべ)をふまへて昼寐哉(ひるねかな) 『笈日記』

아직 늦더위가 가시지 않은 초가을. 여름날 쌓인 피로로 몸이 곤하다. 방바닥에 벌렁 누워 서늘한 벽에 발바닥을 얹고 낮잠을 잔다. 긴 행보로 더워진 발바닥에 전달되는 벽의 싸늘한 감촉이 잔서 속 가을을 감지케 한다. 계어는 '서늘하다'.

비이 하고 우는
긴 소리 구슬프다
한밤의 사슴

びいと啼く尻声悲し夜ルの鹿　書簡•

밤이 이슥하여 나라 사루사와(猿沢) 연못 주위를 배회할 때, "비이" 하고 긴 여운을 남기는 사슴 울음소리가 들렸다. 형언할 수 없는 가을밤의 애수를 느낀다. 사슴 울음은 고전 시가의 단골 시재. 그러나 '님 그려 잠 못 드는 내 마음'을 가탁하는 시재로 정착되어 실제 울음소리는 전달되지 않았다. 여기서는 소리 그 자체를 의태어를 써서 귓전에 들리듯 전달하여 가을밤의 공기와 사슴의 애절함이 직접적으로 느껴진다. 계어는 '사슴의 울음'.

• 제자 산푸(杉風) 앞으로 보낸 편지에 쓴 구.

국화 향기여
나라(奈良)에는 해묵은
부처님들

菊の香や奈良には古き仏達　書簡•

옛 도읍지 나라에는 천년의 세월을 지켜 온 불상들이 많다. 『무쓰치도리(陸奧衢)』에 “중양절에 남도(南都: 나라)에 하룻밤 묵음”이라고 나와 있는 것으로 보아, 국화 축제를 하는 9월 중양절에 바쇼가 들렀던 것임을 알 수 있다. 그윽한 국화 향기와 해묵은 불상의 조화가 빚어내는 고즈넉하고도 예스러운 정취가 상상이 된다. 계어는 ‘국화’.

• 앞 구와 같이, 제자 산푸에게 보낸 편지에 쓴 구.

이 외길이여
행인 하나 없는데
저무는 가을

此道(このみち)や行人(ゆくひと)なしに秋(あき)の暮(くれ) 『其便』

한 줄기 외길이 길게 이어져 있다. 문득 주위를 보니 길 가는 사람 하나 없고 가을날은 어둑어둑 저물어 간다. 갑자기 적막감이 엄습한다. 외길 인생을 걸어온 바쇼의 심경이 묻어나고 있다. 예술가의 길은 결국 고독할 수밖에 없는 것인가? 바쇼가 타계한 해의 작품으로 몸의 쇠약함과 함께 인생 자체의 적막감을 감지한 것. 계어는 '저무는 가을'.

이 가을엔
왜 이리 늙는가
구름에 가는 새

此秋は何で年よる雲に鳥 『笈日記』

올가을은 왜 이렇게 몸의 쇠약함을 느끼는 것일까? 갑자기 푹 늙어 버린 느낌이 든다. 문득 만추(晩秋)의 하늘을 멀리 바라보니 구름 속으로 새 한 마리가 한 점이 되어 사라진다. 고독한 떠돌이 나의 모습인가? 인생의 마감에 대한 예감과 함께 가누기 힘든 적료감(寂寥感)이 엄습한다. 바쇼는 이 구를 읊고 두어 달 후 타계했다. 계어는 '가을.'

가을 깊은데
옆방은 무엇하는
사람인가

秋深き隣は何をする人ぞ 『笈日記』

가을도 깊었다. 긴 여로에 병이 깊어 낯선 방에 혼자 누웠다. 옆방에도 분명 사람은 있는데 바스락 소리 하나 들리지 않는다. 뭐 하는 사람일까? 벽 하나를 사이에 두고 고독한 사람끼리 연민을 느낀다. 이웃해 살아도 결국 인간은 혼자다! 아무렇지도 않게 내뱉는 듯한 표현에서 깊어 가는 가을의 애감(哀感)을 바탕으로 한 근원적인 존재의 적막감을 보여 준다. 계어는 '가을.'

4부

겨울

눈 내린 아침
홀로 마른 연어포를
겨우 씹었다

雪の朝獨り干鮭を噛み得タリ 『東日記』

서문에 “부자는 살코기를 먹고 장부는 나물 뿌리를 먹는다. 나는 가진 것이 없다.”라고 쓰고 있다.• ‘고독하고 빈한함에 자족하는 암자 생활을 택한 나는 추운 겨울 아침 혼자 마른 연어포를 씹고 앉아 있다.’ 세속적인 부와 권력을 초월하려 하지만 인간이기에 고독하다. 고독을 견디고 초지(初志)를 되새기듯 마른 연어포를 씹는다. 계어는 ‘눈’.

• 송나라 왕혁(汪革)의 “사람이 언제나 나물 뿌리를 먹는 데 만족할 수 있으면 모든 일을 할 수 있다.(人常能咬菜根則百事可做)”(『呂氏師友雜誌』)라는 사상이 바탕에 깔려 있다. 이 문구는 『채근담(菜根譚)』 서명의 근원이 됨.

노 젓는 소리
파도를 가르고 창자 얼어붙는
밤이여 눈물

櫓(ろ)の聲波(こえなみ)ヲうつて腸氷(はられたこお)ル夜(よ)やなみだ 『武蔵曲』

서문에 "후카가와강의 겨울밤의 감회"라 되어 있다. '물살을 가르는 노(櫓)의 삐걱거림이 암자에까지 들려온다. 방에는 불기운 하나 없어 창자가 얼어붙을 지경인데 가만히 귀를 기울이면 고독함과 쓸쓸함이 엄습하여 부지불식중에 눈물이 흐른다.' 두보의 절구(絶句) "창문에는 서령(西嶺)의 만년설이 비쳐 있고, 문밖에는 동쪽 오나라 만리선이 매여 있도다."•를 연상한 것. 계어는 '얼다'.

• "窓含西嶺千秋雪 門泊東吳萬里船"

얼음은 씁쓸하고
두더지가 목구멍을
겨우 적셨네

氷苦く(こおりにがく)偃鼠(えんそ)が咽(のど)をうるほ(お)せり 『虚栗』

서문에 "초가 암자에 물을 사 놓고(茅買舍水)."가 있다. 바쇼 암자가 있었던 후카가와강 일대는 수질이 좋지 않아 식수를 실은 배가 물을 팔러 왔다. 빈한한 겨울 암자에 물마저 사서 마시니 썰렁하기 이를 데 없다. '암자에 사 놓은 물은 얼기가 쉽고 씁쓸한 맛이 나지만 그것으로나마 겨우 목의 갈증을 식힐 수가 있었다.' 두더지와 같은 자신이지만 거기에 자족(自足)해야 하는 고독감이 묻어난다. 『장자』「소요유」 편 "뱁새는 깊은 숲 속에 살지만 나뭇가지 하나로 족하고, 두더지는 개울물을 마시지만 배를 채우면 족하다."[•]는 구절이 바탕에 깔려 있다. 계어는 '얼음'.

• "鷦鷯巢於深林不過一枝 偃鼠飮河不過滿腹"

여명이여
하얀 뱅어 하얀빛
한 치(一寸)의 빛남

明(あけ)ぼのやしら魚(うお)しろきこと一寸(いっすん) 『野ざらし紀行』

해변의 여명, 어두컴컴한 가운데 일순 짧디짧은 뱅어 한 마리가 반짝 빛나는 모습이 시야에 들어왔다가는 사라졌다. 찬 새벽 공기 속 찰나적인 빛의 선명한 교차를 포착한 인상적인 구. 계어는 '한 치의 뱅어'.

늘 보던 말을
새삼스레 바라보는
눈 내린 아침

馬をさへながむる雪の朝哉　『野ざらし紀行』

아침에 눈을 떠 보니, 밤새 내린 눈이 애애(皚皚)한 은세계를 펼치고 있다. 아침 설경의 신선한 충격에 늘 보던 짐말조차 새롭게 시야에 들어온다. 계어는 '눈'.

풀베개여
저 개(犬)도 비에 젖는가
한밤의 소리

草枕犬も時雨るかよるのこゑ 『野ざらし紀行』

'풀베개'란 객지에서 자는 잠이라는 의미의 시어. 오다 말다 하는 초겨울비 시구레(時雨)• 가 내리는 밤, 가눌 길 없는 객수에 잠 못 이루고 있노라니 멀리서 개 짖는 소리가 들려온다. 어둠 속에서 우는 저 개의 마음에도 비가 내리는가! 바쇼가 '시구루루(時雨る)'라는 동사를 쓸 때는 '겨울비에 젖다'라는 단순한 의미가 아니라, '겨울비의 처량함을 마음으로 느낀다.'라는 의미로 자주 사용하고 있다. '개도 비에 젖는가'에서 '~도'라는 조사를 통해 '내가 쓸쓸함에 젖고 있는데 개 너도…….'라는 의미가 여백 처리되어 있으며, 바쇼는 이러한 '~도'를 즐겨 사용하여 함축적인 효과를 살리고 있다. "한밤의 소리"는 개 짖는 소리이기도 하고, 빗소리이기도 하고, 작자 내면의 소리이기도 하다. 계어는 '시구레'.

• 교토를 중심으로 한 기상 현상. 차가운 북서풍이 일본 서쪽 바다를 지나며 구름 덩어리가 생겨 그것이 지나갈 때마다 비를 살짝 뿌린다. 서경적으로는 단풍 위로 시구레가 내리는 유려(流麗)한 풍경을 혹은 초겨울의 쓸쓸한 풍경을 읊고, 서정적으로는 쓸쓸하고 허무한 마음을 가탁하는 시어로 애송되어 왔다. 눈물의 시구레(涙の時雨), 소맷자락 시구레(袖の時雨)라는 비유도 있다.

바다 저물어
오리의 울음소리
희끄무레하다

海(うみ)くれて鴨(かも)のこゑ(え) ほのかに白(しろ)し 『野ざらし紀行』

‘여수(旅愁)’가 밀려오는 바닷가의 해거름. 시계(視界)가 온통 어둑어둑해지는데 멀리서 들리는 오리 울음소리도 희끄무레하게 느껴진다. 박명유암(薄明幽暗)의 저녁 풍경에 이끌려 소리를 희미한 색깔로 느낀 것에 시정이 있다. 바쇼가 제자들과 배를 타고 12월의 겨울 바다를 즐기는 가운데 나온 작품이다.• 어둠이 깔리는 바닷가 저녁나절에 오리 울음소리가 ‘투명하게’ 들려온다는 해석도 있다. 애매한 채로 상상에 맡겨도 좋을 듯하다. 계어는 ‘오리’.

• “오와리(尾張)의 아쓰타(熱田)에 갈 무렵, 사람들이 섣달의 바다를 보고 싶다고 배를 띄우니”(『皺箱物語』)

해〔年〕 저물었네
삿갓 쓰고 짚신을
신은 그대로

年暮(としくれ)ぬ笠(かさ)きて草鞋(わらじ)はきながら 『野ざらし紀行』

여기저기 떠돌다가 한 해가 저물었다. 사람들은 새해 맞을 준비로 정신없이 바쁜데 아무 할 일도 소속감도 없는 떠돌이 모습 그대로의 자신을 돌아보니 공허감이 엄습한다. 계어는 '세모(歲暮)'.

새해 복 받는
사람 축에 끼어 보자
늙음의 세모

めでたき人のかずにも入む老のくれ 『あつめ句』

서문에 "받아서 먹고, 얻어서 먹고, 그렇다고 뜻대로 죽지도 못하고 한 해가 저물어"라는 문구가 있다. 일탈한 삶 속에서 자족했던 바쇼이지만, 세모에는 인간의 온기가 그립다. 애써 밝은 기분이 되려고 함으로써 고독함이 더 강조된다. 계어는 '세모'.

물동이 터지는
한밤의 얼음 같은
석막한 잠결

かめ わ　　　　こおり　ねざめかな
瓶破るるよるの氷の寐覚哉　『真蹟懐紙』

한밤에 문득 잠이 깨어 꽁꽁 어는 추위에 잠 못 이루고 있노라니 물을 사서 담아 놓은 물동이가 얼어 터지는 소리가 났다. 귓전을 울리는 한밤의 소리에 더욱 냉기가 서리는 베갯머리다. 계어는 '얼음'.

첫눈 내리네
수선화 잎사귀가
휘어질 만큼

初雪(はつゆき)や水仙(すいせん)のはのたわむまで 『あつめ句』

기다리던 첫눈이 내렸다. 첫눈이라 수선화 잎사귀가 조금 휘어질 만큼만 엷게 쌓였다. 수선화의 청초한 기품과 더불어 첫눈 내리는 날의 맑고 싸늘한 공기가 코끝에 전달된다. 계어는 '수선화'.

술을 마시면
더더욱 잠 못 드네
눈 내리는 밤

酒のめばいとど寐られね夜の雪 『勧進牒』

한밤중에 소리 없이 쌓이는 눈!

말동무 하나 없이 혼자 우두커니 암자에 앉아 있으려니 겨울밤의 적막감을 견디기 힘들다. 술이라도 마시면 잠이 잘 올까 해서 한 잔 두 잔 들이켜 봐도 천 갈래 만 갈래 상념에 머리는 더욱 맑아질 뿐이다. 계어는 '눈'.

달구경 눈구경
설치고 다녔네
저무는 한 해

月雪とのさばりけらしとしの昏 『続虚栗』

연말이 되어 지나간 한 해를 돌이켜 보니 '달'이야 '눈'이야 하며 마음껏 쏘다녔다. 잡사에 얽매이지 않음을 자부하며 자연의 흥을 좇은 한 해였지만, 흥에서 깨어 남들이 세모 준비에 바쁜 현실로 돌아오니 공허하고 허탈하구나. 계어는 '연말'.

나그네라고
이름을 불러 주오
초겨울 가랑비

旅人と我名よばれん初しぐれ 『笈の小文』

‘시구레(しぐれ, 時雨)’는 초겨울에 오다 말다 하며 지나가는 비. 흔히 정처 없는 나그네 심경을 가탁하는 시재가 되었다. 찬비를 맞으며 길 떠나는 자신을 노 무대의 객승(客僧) 같은 나그네라 불러 달라 함으로써 풍류객의 격앙된 시정을 드러낸다. 오이노코부미(笈の小文) 여행길을 나서며 읊은 구. 계어는 ‘겨울 가랑비’.

비록 추워도
둘이서 자는 밤은
든든하여라

寒けれど二人寐る夜ぞ頼もしき 『笈の小文』

미카와(三河)의 요시다(吉田) 역참에서 제자 에쓰진(越人)과 오랜만에 만난 정을 읊은 구. 홀로 다니는 겨울 여행은 밤이면 추위가 더하지만, 마음이 통하는 제자와 쌓인 정담을 나누며 잠시 객사의 쓸쓸함을 잊는다. '둘이서 잔다.'는 표현은 얼핏 "취해서 자련다/ 패랭이꽃 피어난/ 바위에 누워"에서 든 헨조(遍照)와 고마치(小町)의 고사를 연상케 한다. 그 고사와 같은 분홍빛은 없지만 사람의 온기를 어린아이처럼 기뻐하는 작자의 모습이 혼자만의 외로운 여로를 여백 처리하는 효과를 낸다. 계어는 '추위'.

마른 솔 태워
젖은 수건 말리는
매운 추위여

ごを焚いて手拭あぶる寒さ哉 『笈日記』

마른 솔잎은 확 타올랐다가 금방 사그라들기 때문에 불을 지피기가 용이하여, 이른 겨울 아침에 떠나는 길손을 위해 객사에서 준비한 모양이다. '고오타쿠(ごを焼, 마른 솔을 태우다)'라는 방언을 그대로 사용하여 미카와의 풍습과 운치를 정감 있게 표현하고 있다. '화르르! 화르르!' 타드는 마른 솔불의 기세는 겨울 아침 여숙(旅宿)의 부산함을 더해 주고, 수건을 비벼 쬐며 앞길을 재촉해야 하는 작자의 어수선한 심경이 묻어난다. 계어는 '추위'.

겨울날이여
말 위에 얼어붙은
그림자 하나

冬の日や 馬上に氷る影法師 『笈の小文』

겨울의 둔한 햇살은 온기 하나 없는데 바람은 사정없이 몰아쳐 살을 에는 듯하다. 바다에 면한 아마쓰나와테(天津畷)[•]의 논밭길. 시야에 거칠 것 하나 없는 망망한 겨울 들판을 말을 타고 완보(緩步)하니 차라리 그냥 걷기보다 더 춥다. 말 위에 웅크린 사람은 거의 입체감을 잃고 그림자처럼 멀어져 간다. 내 모습을 객관화하여 바라보니 더욱 몸이 움츠러든다. 계어는 '겨울날.'

• 아이치현 도요하시(豊橋)시 스기야마초(杉山町).

객지 잠 자며
바라보네 속세의
선달 대청소

旅寝(たびね)してみしやうき世(よ)の煤(すす)はらひ 『笈の小文』

평생을 떠돌며 이렇다 할 내 집을 지니지 않았던 바쇼. 사람 냄새 나는 집이 가장 그리운 때가 명절이다. 일본에서는 섣달 그믐날 집 안 대청소를 하면서 설 맞을 준비를 한다. 섣달 대청소(스스하라이, 煤払い)는 와카와 같은 전통 시가에서는 다루지 않는 서민 생활 속에서 나온 생활 계어이다. 섣달 그믐날이면 집 안 구석구석 거미줄과 먼지를 털며 새해를 맞이하기 위해 시끌벅적한 '보통 사람'들의 모습이 집 없는 떠돌이 신세인 바쇼로서는 가장 부러운 모습이기도 하다. 곁을 지켜 주는 제자들도 명절만큼은 각자의 집을 돌보러 갈 것이므로 더더욱 외롭다! 계어는 '섣달 대청소'.

약을 마신다
안 그래도 서리 오는
베갯머리여

藥(くすり)のむさらでも霜(しも)の枕(まくら)かな 『如行子』

바쇼는 가끔 복부와 흉부에 극심한 통증과 경련을 일으키는 적취(積聚)[•]라는 지병을 앓았다. 병 없이 건강해도 객지 잠은 춥고 서러운 법인데 고통스런 지병까지 도져 누워서 약을 마시는 신세가 되었다. '서리'에는 '서리 오는 추운 밤'이라는 의미와 '서리 내린 백발'이 중첩되어 있다. 계어는 '서리'.

• 오랜 체증으로 인해 복부에 덩어리가 생기는 병.

고향집이여
탯줄을 보고 우는
선달 그믐날

旧里(ふるさと)や臍(へそ)の緒(お)に泣(な)くとしの暮(くれ) 『笈の小文』

일본에서는 아이의 탯줄을 간직하는 구습이 있다. 오랜만에 돌아온 고향집에서 형들과 그동안 쌓인 회포를 풀다가 돌아가신 어머니가 간직해 두었던 자신의 탯줄을 접했다. 이제 한 살 더 늙게 되는 이 세모에, 집 떠나 떠돌이로 살다가 까맣게 잊었던 핏줄의 유대에 눈시울이 뜨겁다. 계어는 '선달 그믐날'.

화롯불도
사그라드네 눈물이
끓는 소리

埋火(うづみび)もきゆやなみだの烹(にゆ)る音(おと) 『曠野』

추모의 정을 읊어 유가족에게 보낸 구. '그 댁은 슬픔에 잠겨 종일 어찌할 바를 모른 채 화로 앞에 앉아 떠나 버린 사람을 생각하며 쏟아지는 눈물에 정녕 화롯불도 사그라들겠지요.'라는 의미. "눈물이 끓는"다는 표현은 다소 작위적이기는 하나 애통한 심정을 함축적으로 나타낸다. "사그라드네"라는 말 역시 소멸(消滅)을 나타내므로 추모의 정을 나타내기 위해 배려한 표현이다. 계어는 '화롯불'.

초겨울 찬비
원숭이도 도롱이를
쓰고 싶은 듯

初しぐれ猿も小蓑をほしげ也 『猿蓑』

교토에서 고향인 이가(伊賀)로 가는 고개를 넘는데 시구레[•] 가 후두둑 한차례 지나갔다. 내리다 말다 하며 지나가는 시구레는 쓸쓸한 초겨울 풍광에 담채화 같은 음영을 더해 주어 옛 시인들이 애송한 시재다. 마침 그 비를 만나니 처량함보다는 가벼운 흥분과 함께 시심이 우러난다. 숲에서 나온 작은 원숭이[••] 한 녀석도 도롱이를 쓴 나그네(바쇼)를 말똥말똥 바라보는데, 그 눈망울에 작은 도롱이를 쓰고 싶은 표정을 담고 있다. 고전적 시정을 살리면서도 서민적인 해학을 담아 당시 새로운 시풍으로 극찬받았다.[•••] 계어는 '초겨울 찬비.'

• 128쪽 주 참조.

•• 일본원숭이. 일본 산야에는 원숭이가 많이 서식한다. 원숭이가 본격적으로 시재가 된 것은 하이카이(俳諧)에 이르러서이다.

••• 이 작품을 계기로 『사루미노(猿蓑)』('원숭이 도롱이'라는 의미)라는 구집이 편찬되어 쇼후(蕉風: 바쇼와 그 문하생들의 시풍)의 대명사가 되었다.

겨울비 오네
논의 그루터기가
검게 젖도록

しぐるるや田(た)の新株(あらかぶ)の黒(くろ)むほど 『記念題』

추수가 끝난 겨울 논길을 걷고 있다. 푸석푸석해져 있던 벼 그루터기가 때마침 내린 초겨울비 ‘시구레’에 조금씩 젖어 거무튀튀한 색깔로 서서히 변해 간다. 비에 젖는 흙냄새도 풍겨 온다. 겨울 전원 풍경이 감각적, 인상적으로 스케치되어 있다. 색감(色感)이 없이 시간의 흐름을 담아 빛이 바랜 듯한 고담한 미, 즉 ‘사비(寂び)’[•]의 세계를 잘 그려내고 있다. 계어는 ‘초겨울 비.’

• 바쇼 하이쿠의 기본적인 미적 개념. 유미주의나 관념성을 탈피하고 대상에서 우러나오는 본질적인 미. 시간의 흐름에 따라 깊이를 더한 수수하고 담백하며 한적한 미.

안착 못 하는
나그네 심경이여
고타쓰 화로

住つかぬ旅のこころや置火燵 『勧進牒』

고타쓰는 화로에 이불을 덮어 만든 난방 도구. 방바닥을 파고 화로를 놓아 이불을 덮는 호리고타쓰(掘火燵)에 반해, 이 작품의 오키고타쓰(置火燵)는 옮길 수 있는 이동식 화로. 화로 곁에서 겨울 여행으로 언 몸을 잠시 녹이지만, '떠나야 하는데……'라는 안착 못 하는 표박(漂泊)의 심경을 가눌 길 없다. 금방 옮길 수 있는 오키고타쓰를 취한 것도 일소부재(一所不在)의 떠돌이 심경과 통한다. 계어는 '고타쓰 화로'.

마른 연어도
구야 승(僧)의 깡마름도
엄동설한 속

からざけ　くうや　やせも　かん　うち
干鮭も空也の痩も寒の中 『猿蓑』

간노우치(寒の中)는 소한(小寒) 초부터 대한(大寒) 끝까지 약 30일간의 가장 추운 기간. 바싹 말린 연어도 엄동설한의 음식, 밤마다 맨발로 수행하는 구야 승•의 깡마른 모습도 엄동설한 풍경, 모두 바싹 마른 모습이 그야말로 얼어붙는 엄동설한이로다! 일본어 발음을 읽으면 'K' 음의 반복이 바싹 얼어붙는 감각을 청각적으로 살려 주고 있다. 계어는 '마른 연어', '엄동설한'.

• 헤이안시대 수행승인 구야(空也)의 기일(忌日)인 음력 11월 13일부터 48일간 밤중에 교토 안팎을 염불을 외며 맨발로 다니는 수행승.

겨울바람이여
볼이 부어 쑤시는
사람의 얼굴

こがらしや頬腫痛む人の顔 『猿蓑』

'호오바레(頬腫)'는 볼거리, 유행성이하선염. 볼이 통통 붓기 때문에 항아리손님(오타후쿠 카제)이라고도 한다. 볼이 딴딴하게 부어 있는데 차가운 겨울바람조차 부니 더 쑤시는 것 같아 잔뜩 찡그리고 있는 사람의 얼굴. 가여우면서도 희극적이어서 웃지도 울지도 못한다. 비속한 소재를 써서 찬바람 부는 겨울날의 생생한 서민의 생활을 시적으로 승화시키고 있다. 계어는 '겨울바람.'

파를 하얗게
씻어서 쌓아 놓은
매운 추위여

葱白く洗ひたてたるさむさ哉 『韻塞』

대파의 명산지 다루이(垂井)[•] 지방의 한 풍경. 뿌리의 하얀 부분이 특히 많은 것이 이 지방 대파의 특징. 흙을 털고 갓 씻어 놓은 대파의 산뜻한 하얀색에서 매서운 추위를 느낀다. 대파의 알싸한 맛도 매운 추위와 감각적으로 통한다. '파'는 서민의 일상의 미학을 다루는 하이쿠의 단골 소재. 계어는 '대파', '추위'.

• 기후(岐阜)현 후하(不破)군에 소재한 지역.

수선화와
새하얀 장지문의
화사한 반광

水仙や白き障子のとも移り 『笈日記』

하얗고 청초한 수선화가 정갈하게 꽂혀 있다. 새로 바른 하얀 장지와 서로 빛이 반사되어 겨울이지만 밝고 청결한 방이다. 여행길에 묵어가게 해 준 주인에게 수선화의 맑고 고결한 이미지를 빌려 감사 인사로 건넨 하이쿠이기도 하다. 계어는 '수선화'.

객사에 들어
이름을 대게 하는
초겨울 가랑비

宿(やど)かりて名(な)を名乗(なの)らするしぐれ哉(かな)　真蹟懐紙

바쇼 친필 회지(懷紙)[•]에 "초겨울비(시구레)가 너무나 쓸쓸히 내리는데 하룻밤 묵을 곳에 들어, 화롯불을 지피고 젖은 소매를 말리고, 뜨거운 물을 얻어 입을 축이니, 주인의 인정어린 대접은 잠시 객수를 달래는 데 족했다. 날이 저물어 등불 밑에 엎디어, 지필묵을 꺼내 이것저것 쓰는 걸 보고 (주인이) 한 번 만난 정표를 남겨 달라고 계속 조르는 통에"라는 서문이 달려 있다. 겨울 여행 중 비를 만나 들른 객사. 따뜻한 대접과 나그네의 신분을 알고 한 수 남겨 달라 조르는 주인의 성화에 시흥(詩興)을 느낀다. 계어는 '초겨울 가랑비.'

• 접어서 품에 지니고 다니는 휴대용 한지.

도미 자반의
잇몸도 추워라
어물전 좌판

塩鯛(しおだい)の歯(は)ぐきも寒(さむ)し魚(うお)の店(たな) 『薦獅子集』

겨울 어물전. 날이 추워 늘어놓은 생선도 별로 없는데 몇 안 되는 도미 자반의 드러난 잇몸이 너무 추워 보인다. 겨울 저잣거리의 한 풍경. 계어는 '춥다'.

화롯불이여
벽에는 나그네의
추운 그림자

うづみび　かべ　きゃく　かげ
埋火や壁には客の影ぼうし 『続猿蓑』

문제(門弟) 교쿠스이(曲水)가 머물고 있는 숙소에 들러 쓴 구. 숯불을 묻은 화로를 끼고 주객이 마주 앉아 정담을 나누는데 문득 바라보니 벽에 자신의 커다란 그림자가 드리워져 있다. 춥고 고요한 겨울밤이다. 계어는 '화롯불'.

겨울 국화여
쌀겨 덮어쓰네
절구 옆에서

寒菊(かんぎく)や粉糠(こぬか)のかかる臼(うす)の端(はた)　『炭俵』

서민의 일상 속에서 자연과 인간의 삶이 어우러져 빚어내는 소박한 아름다움이다. 추운 겨울날 모든 꽃들이 지고 없는데 농가의 뜨락에 대견하게도 겨울 국화가 피었다. 쌀 찧는 절구 옆에 국화가 꽃잎과 잎사귀에 쌀겨를 희뿌옇게 덮어쓰고 있다. 쌀을 찧는 고단한 삶이 겨울 국화와 교감되어 하이쿠가 아니면 표현할 수 없는 정감을 그려 낸다. 계어는 '겨울 국화.'

산 채로다가
한 덩이로 꽁꽁 언
해삼이여

いきながら一つに氷る海鼠哉 『続別座敷』

너무 추워서 해삼이 산 채로 꽁꽁 얼어 꼼짝없는 얼음덩어리가 되어 있다. 그 모습이 한편 우스꽝스러우면서도 미물이나마 생명 있는 존재에 대한 연민을 느낀다. 추운 겨울의 정서를 비속한 소재를 써서 남김없이 전달하고 있다. 계어는 '해삼'.

방랑에 병들어
꿈은 마른 들판을
헤매고 돈다

旅(たび)に病(や)んで夢(ゆめ)は枯野(かれの)をかけ廻(めぐ)る　『笈日記』

긴 방랑에 병이 깊어져 고통스러운 단말마의 꿈자리. 황량한 겨울 들판을 헤매는 꿈에 시달린다. 바쇼 최후의 작품. 흔히 바쇼의 사세구(辭世句, 세상을 뜨며 남기는 시)라 알려져 있는데, 의도한 것은 아니므로 거친 숨결이 가식 없이 전달된다. 죽음 앞에서 초연하지 못하고 단말마에서조차 방랑의 망집(妄執)을 버리지 못하는 방랑 시인의 스산한 최후가 오히려 감동을 준다. 계어는 '마른 들판'.

하이쿠와 바쇼

유옥희

하이쿠란?

하이쿠(俳句)란 무엇인가? 일본에서 발달되어 오늘날 세계적으로 전파된 하이쿠는 5·7·5의 음수율을 지닌 열일곱 글자의 정형시를 일컫는다. 너무 짧아 작품의 제목인 줄 오해하거나, 작품 중 한 구절인 것처럼 착각하는 해프닝도 왕왕 일어난다. 하이쿠는 함축적이고 애매하여 언뜻 보기에는 난해할 수도 있지만 조금만 상상력을 발휘하면 단 몇 마디 말이 자연과 삶의 의미를 일깨워 주고, 때로는 드넓은 우주로 우리 마음을 달려가게 한다.

녹초가 되어
여숙 찾을 무렵이여
등꽃송이

草臥れて宿かるころや藤の花

일본어 발음대로 읽으면 'ku ta bi re te/ ya do ka ru ko ro ya/ fu ji no ha na'로 17음절이다. 우선 뇌리에 와닿는 짤막한 구절과 청각을 자극하는 간결한 리듬이 인상적이다.

여기에서 전체적인 정서를 담당하고 있는 것은 '등꽃송이'이다. 등꽃은 4월 말쯤 피기 때문에 이 작품의 계절이 늦봄이라는 걸 알 수 있다. 이처럼 하이쿠에는 계절을 담당하는 언어가 있는데 그것을 '계어(季語, きご)'라 한다.

계어는 계절적인 시간대를 나타내는 것뿐만 아니라, 위 작품의 경우 일본인들이 '등꽃' 하면 떠올리는 전통적인 이미지를 환기시킨다. 우리 한국의 선비들은 등꽃을 그다지 읊지 않았지만, 일본 사람들은 예부터 연보랏빛으로 송이송이 늘어져 피는 등꽃을 무척 좋아했다. 헤이안시대에 쓰인 『겐지모노가타리(源氏物語)』에서 등꽃은 사랑의 장면에서 몽환적 아름다움을 상징하는 시어로 등장한다. 에도시대 서민들이 등나무 시렁 아래에서 봄의 정취를 즐기는 장면들도 문학 작품에 자주 등장하며, 전통극 가부키 무대 장식으로도 많이 쓰이고 있다.

위 하이쿠에서는 늦봄 어느 날, 여행길에 걷다 지쳐 묵을 곳을 찾을 때 노곤한 감각과 늘어진 등꽃송이의 나른하고 꿈결 같은 분위기가 조화를 이루어 독자들의 상상력을 자극한다. '나른하다' '몽롱하다'라든가, '늦봄의 우수' 등의 표현이 없어도 계어가 그것을 대변해 주고 있다.

이 책에서도 각 작품마다 계어를 명시했다. 계어는 구체적인 물질일 수도 있고, 추상적인 느낌일 수도 있다. 본문의 "안착 못 하는/ 나그네 심경이여/ 고타쓰 화로"에서 고타쓰는 일본인들의 겨울 난방 도구로 겨울의 계어가 된다. 또한 "들판의 해골을/ 생각하니 뼛속에/ 스미는 바람"에서는 '몸에 스미다'라는 사람의 감각이 가을의 계어가 되고 있다.

이러한 계어를 사계절로 분류하여 그 유래를 설명한 것이 세시기(歲時記, さいじき)이다. 우리나라에서 세시기라 하면 세시 풍속을 나타내는 의미로 쓰이고 있으나, 일본의 세시기는 세시 풍속을 비롯해서 동식물, 기상, 천문, 연중 행사, 인간의 감각 등 계절 감각을 환기할 수 있는 언어를 망라한다. 요즈음은 천연색 사진도 함께 실어 하이쿠 창작의 기본 참고서가 됨은 물론 하나의 문화 콘텐츠가 되고 있다.

하이쿠에서 계어 다음으로 상상력의 관건이 되는 것이, 작중(作中)의 어느 한 부분을 끊어 단절을 만드는 특성이다. 앞에 든 작품의 경우 “녹초가 되어/ 여숙 찾을 무렵이여”와 “등꽃송이”는 문법적으로 연결되지 않고 단절되어 있다. 여행길에 지쳐 묵을 곳을 찾는 것과 등꽃송이는 애매하게 연결된다. 그런데 이 애매함 때문에 여행길 풍경과 작자 심경을 마음껏 상상할 수 있는 여백이 생겨난다.

이처럼 의미의 단절을 만드는 조사나 조동사를 기레지(切字, 끊는 글자)라 한다. ‘~이여(や)’, ‘~로다(哉)’, ‘~구나(けり)’와 같은 것이다. 단순한 서술은 문장의 한 단편처럼 보여 무의미할 수 있지만 말을 툭 자름으로써 그 애매하고 뜬금없음에 독자의 상상력이 개입되고, 짧은 시의 시공간이 확장되는 것이다. “머리 텁수룩/ 안색은 창백하다/ 눅눅한 장마”같이 기레지 없이 단절을 두는 경우도 있고, “어부의 집엔/ 작은 새우에 섞인/ 곱등이로다”같이 마지막을 강하게 끊어 여운을 유도하기도 한다. 단시형(短詩型) 형태에서 서술을 극도로 생략하면서 함축적인 효과를 내기 위해 의도적으로 단절된 표현을 하는 것이다.

하이쿠의 유래

하이쿠의 유래를 알기 위해서는 그 바탕이 된 와카(和歌)를 들지 않을 수 없다. 와카는 일본 고유어로 된 정형시이며, 여러 형식 중에서도 5·7·5·7·7 음률의 단가(短歌) 형식이 오늘날까지 계승되고 있다.

나라시대, 8세기 무렵 4,500수의 작품이 실린 방대한 와카집인 『만요슈(万葉集)』가 편찬되었다. 『만요슈』는 일본 고유의 문자가 없었을 당시 한자의 음과 훈을 빌려 와카를 기록했다. 한때 당과의 교류가 빈번했을 때 와카는 한시에 밀려났다가 당나라가 패망하고 일본풍 문화가 부흥하자 다시 화려하게 부활하여 주류 문학이 된다. 한자의 초서체를 빌려 쓴 히라가나의 정착이 뒷받침이 되었다. 히라가나는 여류를 중심으로 한 문인들이 자신의 심경을 자유자재로 표출할 수 있는 수단이 되었기 때문이다.

와카에서는 사계절의 소재와 사랑이 가장 근간이 되는데, 그 중 '벚꽃', '달', '사랑'이 가장 빈번하게 등장한다.

> 이 세상에/ 차라리 벚꽃이/ 없었더라면
> 봄날의 내 마음은/ 한가로웠을 텐데
> 世の中に絶えて桜のなかりせば
> 春の心はのどけからまし　(古今集)

> 흐르는 물에/ 숫자를 쓰기보다/ 허무한 것은
> 날 사랑 않는 사람을/ 사랑하는 것이라
> 行く水に数かくよりもはかなきは
> 思はぬ人を思ふなりけり　(古今集)

> 환하지도 않고/ 흐리지도 않은/ 봄밤의
> 몽롱한 달빛에/ 비할 것이 없어라
> 照りもせず曇りもはてぬ春の夜の
> 朧月夜にしくものぞなき　(新古今集)

와카는 이처럼 연민이 바탕이 된 애틋한 감성이라 할 '모노노 아와레'가 주류를 이루었다. 쉬 져 버리는 벚꽃, 몰래 감추는 사랑, 환하지도 흐리지도 않은 달빛과 같은 것이 어울리는 시였다.

중세 무사 시대 전란기를 맞아 와카는 지방을 떠돌아다니는 문인들에 의해 5·7·5와 7·7을 나누어 여러 사람이 번갈아 읊는 '렌가(連歌)'라는 형태로 발전한다. 두세 명 혹은 여섯 명 정도가 모여 시를 이어 읊으며 정서적 공감대를 나누었고, 난세의 문인들은 렌가의 매력에 푹 빠져들었다. 그런데 여러 명이 하나의 작품을 만들 때는 어떤 식으로 이어 읊어야 하고, 몇 구째는 무엇을 넣어야 하고…… 식의 까다로운 규칙이 생겨났다. 또한 전체적으로 심오하고 우아한 아름다움, 즉 '유겐(幽玄)'의 미학을 추구하여 상당한 지식이 요구되었다.

16세기 말 무렵 이러한 렌가의 까다로운 규칙과 고상함에 반발하여 속언(俗言)을 쓰면서 자유분방하게 렌가를 읊는, '해학적 렌가'라는 의미의 '하이카이노 렌가(俳諧の連歌)'가 생겨났다. 예컨대 아래와 같이 이어 읊는 식이었다.

안개 옷의/ 끝자락이 젖었네
かすみのころもすそはぬれけり

봄의 여신이/ 입춘 날 선 채로/ 오줌을 싸서
佐保姫の春立ちながら尿をして (新撰犬筑波集)

'사호히메(佐保姫, 봄의 여신)'는 와카나 렌가에서는 하얀 안개 옷을 입고 봄을 몰고 오는 우아한 여신이다. 그런데 "안개 옷의 끝자락이 젖었네"라고 운을 띄우자, 이것을 이어 받아 "봄의 여신이 입춘 날 선 채로 오줌을 싸서"라고 붙이며 창화(唱和)하고 있다. 이같은 우아함, 비속함, 우스꽝스러움이 뒤섞인 하이카이노 렌가에 서민들이 빠져 들었고 크게 유행하게 되면서 줄여서 '하이카이'가 되고, 이것이 '하이쿠'의 어원이 되었던 것이다.

이어 읊기가 성행하는 가운데 첫 구절인 홋쿠(発句)가 중요한 의미를 지니며 단독으로 읊어지다가 오늘날 '해학적인 구'라는 의미의 하이쿠가 되었다. 비속함을 바탕으로 한 해학성이 초기 하이쿠의 저변을 확대하는 데 지대한 역할을 했다. 그러나 자연과 인생의 깊은 의미를 담아 우리 마음의 심연에 와닿을 수 있는 하이쿠 예술이 나오는 데는 바쇼의 등장을 기다려야 했다.

마쓰오 바쇼

하이쿠 인생의 시작

마쓰오 바쇼(1644-1694)는 상업자본을 바탕으로 한 서민문화가 꽃을 피웠던 에도시대, 17세기에 활약했던 인물이다. 바쇼는 지금의 미에(三重)현 이가 우에노(伊賀上野)에서 무소쿠닌(無足人, 실질적으로는 농민 계급인 하급 무사) 출신 아버지에게서 태어났다. 집안이 풍족하지 못해 제대로 된 교육을 받지 못한 바쇼는 당시 유행하던 하이쿠를 접하게 되면서 문인들과 교유할 기회를 갖게 된다.

하이쿠가 인연이 되어 무사 가문의 적자(嫡子) 도도 요시타다(藤堂良忠)를 주군으로 섬기면서 '소보(宗房)'라는 하이고(俳号, 하이쿠 호)로 활동하게 된다. 이때 출세에 대한 기대도 품었지만 바쇼의 나이 스물세 살이 되던 해, 모시던 요시타다가 스물둘의 젊은 나이로 요절하자 실의에 빠져 선불교에도 관심을 기울인 것으로 추정된다. 방황이 끝나고 스물아홉 살이 되던 해에 고향 이가 우에노의 스가와라(菅原) 신사에 자신의 하이쿠를 봉납하며 서원(誓願)을 하고, 당시 새로운 기운으로 넘쳐났던 신도읍지 에도(지금의 도쿄)로 가 하이쿠 인생의 전기를 찾게 된다.

에도에서는 고전 패러디나 위트로 기발함을 추구하는 단린(談林)풍 하이쿠에 경도되어 수많은 하이진(俳人, 하이쿠 시인)들과 교유하였고, '도세이(桃青)'라는 이름으로 적극적인 하이쿠 활동을 한다. 서른네 살에는 하이쿠 종장(宗匠, 하이쿠를 가르치는 것을 업으로 삼는 선생)으로 간판을 내걸고 신분의 안정을 위해 상수도 공사 장부 정리 일에도 종사한다. "구름이 가네/ 개 오줌 찔끔거리듯/ 지나가는 비", "서리를 입고/ 바람을 깔고 자는/ 버려진 아이"와 같은 작품이 이 무렵 나온 것이다.

책을 들고 암자로

바쇼는 한때 언어유희적 요소가 강했던 당시 하이쿠 경향에

영합하여 명성과 부를 축적할 수도 있었지만 서른일곱 살이 되던 해 돌연 모든 것을 내던지고 에도 스미다 강변 후카가와에 암자를 틀고 은거한다. 하이쿠 평을 하여 돈을 버는 '덴쟈(点者)'라는 사람들이 금전욕으로 속화되는 양상을 눈뜨고 볼 수가 없었고, 말장난으로 희희낙락하는 하이쿠에 염증을 느낀 것이다. 고독한 '와비(모자람에 자족하는 마음)'의 상태에서 자신의 내면을 다스리기 위함이기도 했다.

제자들의 경제적 도움으로 생계를 유지하며 중국의 두보, 백거이, 소동파, 그리고 일본의 사이교와 같은 시인들의 세계에 몰입하고 『장자』를 읽었다.

"파초에 태풍 불고/ 물대야에 빗소리/ 듣는 밤이여"

뜰에는 파초를 심고 암자 이름도 파초암이라 지었다. 이 파초(芭蕉, 일본음 '바쇼')를 따 '바쇼'가 호가 된 것이다. 그러나 바쇼가 서른아홉 살이 되던 1682년 에도 대화재로 이 파초암(바쇼안)은 완전히 불타 버려 겨우 목숨을 부지한 그는 이 세상이 화택(火宅)임을 실감하게 된다.

방랑을 통한 진실한 감동의 체험

무상을 절감한 바쇼는 1684년 마흔한 살부터 방랑을 시작한다. 몇 번 단기간의 짧은 여행을 거쳐 1689년 마흔여섯 살 나이로 7개월에 걸친 장도의 오쿠노 호소미치 여행을 떠난다. "옛사람이 남긴 것을 구하지 말고 옛사람이 구한 것을 구하라."는 고보(弘法) 대사의 가르침에 따라 선인들의 글을 서적으로만 접하는 것이 아니라 그 행적을 추체험하기 위해서였다.

> 해와 달은 백년과객이며, 오고 가는 해 또한 나그네이다. 뱃전에 생애를 띄워 보내고 말고삐 붙잡은 채 늙음을

> 맞는 사람은 나날이 나그넷길이며, 나그넷길이 내 집이다. 옛사람도 무수히 나그넷길에서 생을 마쳤다. 나도 언제부턴가 조각구름을 쓸어 가는 바람에 이끌려 방랑벽을 가눌 수가 없구나.

바쇼의 기행문 『오쿠노 호소미치』의 첫머리이다. 사실 인생 자체가 방랑인데 방랑객들은 그 와중에 방랑길을 집으로 삼는다. 마음속 깊은 곳에서 우러나는 방랑벽을 스스로 주체할 수 없음을 토로하고 있다.

그 여행 도중 먼저 살다 간 방랑 시인들과 시공을 초월한 교감을 나누었다. 사이교가 미지의 도호쿠 지방을 여행하면서 "길섶의/ 맑은 개울 흐르는/ 버드나무 그늘/ 잠시 잠깐 동안만/ 머물려 했는데"라는 와카를 읊었던 버드나무 그늘에 쉬어도 보고, 히라이즈미에 있는 후지와라 가문의 폐허 흔적에서는 중국 난세의 시인 두보의 "나라는 망했어도 산천은 그대로다. 성에는 봄이 돌아와 풀이 무성하구나(國破山河在 城春草木深)"라는 「춘망(春望)」의 한 구절을 떠올리며 눈물을 쏟았다.

가식을 벗어던진 진실한 감동, 진정성은 세월이 바뀌고 산천이 변해도 변함없음을 절실히 체험했다. 이 진실한 감동을 '후가노 마코토(風雅の誠)'라 명명했다.

사사로운 마음을 버리고 사물에 파고들어라

바쇼의 어록은 제자들에 의해 전해져 내려오는 경우가 많다. 그중 하이쿠를 읊는 자세에 대해 제자 교리쿠(許六)가 기록한 『산조시(三冊子)』의 문구가 시사적이다.

> '소나무에 관한 것은 소나무한테 배우고 대나무에 관한 것은 대나무한테 배우라.'는 스승의 말씀이 계신 것도 사사로운 생각을 버리라는 의미이다. (……) '배우라'는 의미는

> 사물에 파고들어 그 깊은 곳이 드러나 정을 느끼게 되면 자연히 하이쿠가 된다는 의미이다. 설사 대상을 적나라하게 표현하더라도 그 자체에서 자연스럽게 우러난 정이 아니면 물(物)과 나(我)가 둘이 되어 그 정(情)이 진정한 감동에 이르지 못한다.

> 하이쿠를 읊는 데는 '되다'와 '짓다'라는 것이 있다. 마음을 늘 수양하여 사물을 대한다면 그 마음의 빛깔이 바로 하이쿠가 된다. 마음의 수양을 하지 않는 자는 자연스럽게 하이쿠가 '되'지 않으므로 사의(私意)를 작용하여 하이쿠를 '짓'게 되는 것이다.

마음을 비우고 사물을 대하라. 소나무를 절개의 상징으로만 보지 말고 그냥 소나무로, 대나무 역시 그냥 대나무로 보라는 가르침이다. 바쇼는 당시 일본에 널리 유포되어 있던 『장자』를 읽었다. 직접적으로는 일본 무로마치(室町) 시대에 편찬된 『장자초(莊子抄)』에 나오는 "꽃을 만나면 꽃이 되고, 버들을 만나면 버들이 되어라."는 문구에 힌트를 얻었을 것이다. 사물과 내가 하나가 되어야 작품이 저절로 '된다'는 의미이다.

모든 존재는 각각 고유의 생명력을 지녔고, 이 세상에 존재하는 모든 것은 고귀하다. 따라서 존재 자체가 본래 지닌 생명력을 내 안의 생명력과 합일시켜 깊이 느낌으로써 있는 그대로의 모습을 솔직하고 순수하게 읊으라는 것이다.

산 채로다가/ 한 덩이로 꽁꽁 언/ 해삼이여

계절의 오묘한 변화는 하이쿠의 씨앗이다

일본 시가의 정서는 사계절의 변화에 그 바탕을 두고 있다. 그중 계어(季語)라는 형식이 있는 하이쿠는 계절에 따른 변화의 상을 찰나적으로 잡는다.

> 사이교의 와카든 소기(宗祇)의 렌가든 셋슈(雪舟)의 그림이든 리큐(利休)의 다도든 그 관통하는 것은 한 가지이다. 하이쿠를 읊는 사람은 조화(造化)를 따라서 사계절을 친구로 삼는다. 보는 것 모두 꽃이 아닌 것이 없으며 생각하는 것 모두 달이 아닌 것이 없다. (오이노 코부미)

> 스승께서 말씀하시기를 '건곤(乾坤)의 변화는 하이쿠의 씨앗이다.'라고 하셨다. 조용한 것은 불변의 모습이며, 움직이는 것은 변화이다. (……) 비화낙엽(飛花落葉)이 흩어져 날리는 것도 그 속에 파고들어 마음으로 듣고 보지 않으면, 다시 가라앉은 후에는 생생한 인상이 사라져 흔적마저 없어져 버린다. (산조시)

와카나 렌가나 그림이나 다도나 모두 그 표현 방식이 다를 뿐 이 세상 모든 존재가 지닌 조화의 아름다움, 생명력을 이야기한다는 점은 같다. 사철 변하는 존재들의 조화를 친구 삼으면 보는 것 모두 꽃처럼 아름답고, 생각하는 것 모두 달처럼 그리워진다. 우리가 머리에 이고 사는 하늘과 밟고 사는 땅의 모든 변화가 하이쿠의 씨앗이 되는 것이다. 광대한 우주의 장관도 발아래 풀포기의 대견함도 그와 같은 마음에서 하이쿠로 탄생한다.

거친 바다여/ 사도섬에 가로놓인/ 밤하늘 은하

자세히 보니/ 냉이꽃 피어 있는/ 울타리로다

수수하고 담백한 아름다움 '와비', '사비'

바쇼의 하이쿠는 주로 수묵화나 담채화 같은 아름다움을 지니고 있다. 수수하고 담백하며 깊이와 여백이 있는 아름다움이 바로 '와비', '사비'라 할 수 있다. '와비'는 물질적인 모자람에 자족하며 간소하고 한적한 생활을 적극적으로 즐기는 마음 상태를 이야기한다. '사비'는 화려하거나 요란하지 않고 연륜이 묻어나는 한적한 아름다움을 이야기한다. 요즘은 '와비'와 '사비'가 구별되지 않고 함께 쓰이고 있다. 언어의 수사(修辭)가 화려한 귀족적인 '미야비(雅)'와는 다른 서민적인 미학이라 할 수 있다.

꽃에 들뜬 세상/ 내 술은 허옇고/ 밥은 거멓다

한적함이여/ 바위에 스며드는/ 매미 울음

겨울비 오네/ 논의 그루터기가/ 검게 젖도록

속된 것이 아름답다, 일상으로 돌아가라

사물을 대할 때 모든 고정관념과 차별적인 생각에서 벗어나 자기 앞에 놓인 것들에 대한 친밀감을 지니고 시를 읊으라 한다. 바쇼식으로 이야기하면 '고오귀속(高悟歸俗)', 즉 깨달음을 얻어 속으로 돌아가는 것이다. 마음을 비우고 보면 우리가 일상적으로 늘 접하는 것들이 가장 아름다울 수 있다. 바쇼는 작은 생명체들에 눈길을 보내고, 종래 소외되어 있던 것들에 마음을 열며 귀속(歸俗)을 실천했다.

겨울 국화여/ 쌀겨 덮어쓰네/ 절구 옆에서

소 외양간에/ 모기 소리 어두운/ 늦더위여

파를 하얗게/ 씻어서 쌓아 놓은/ 매운 추위여

수행의 기간과 오랜 방랑 끝에 서민의 삶 속에서, 지금 현재의 일상에서 아름다움을 찾아내고 있는 것이다. 표현에서도 '모래 위를 흐르는 시냇물처럼' 꾸밈없고 담백하게 읊는 '가루미(かるみ)'를 강조했다.

강바람이여/ 연한 감빛 적삼 입고/ 땀 씻는 저녁

서늘하게/ 벽에다 발을 얹고/ 낮잠을 자네

가을 깊은데/ 옆방은 무엇하는/ 사람인가

방랑 시인의 최후

바쇼는 1694년 오랜 방랑으로 지친 몸을 이끌고 오사카로 향했다. 당시 불협화음을 일으키고 있었던 두 명의 제자를 화해시킬 목적이었으나, 뜻대로 되지 않아 심로(心勞)로 병을 얻어 눕게 된다. 결국 다음과 같은 사세구(辞世句, 세상을 뜨면서 읊는 시)를 남기고 쉰한 살을 일기로 생을 마감했다.

방랑에 병들어/ 꿈은 마른 들판을/ 헤매고 돈다

숨이 꺼져 가는 순간의 꿈속에서조차 마른 들판을 헤매는 꿈을 꾸는 '방랑 시인의 스산한 심상 풍경'이다. 어쩌면 하이쿠 외길 인생에 모든 것을 쏟아부은 방랑 시인다운 최후라 할 수 있을 것이다.

바쇼는 옛 시인들의 시혼(詩魂)을 접하는 '시간 여행', 객사(客死)를 각오한 방랑이라는 '공간 여행'을 하면서 부단히 수행했다. 오묘한 조화의 섭리에 따라 찰나적으로 나타나는 세상 존재들의 빛과 숨결을 아무 선입견 없이 열일곱 글자에 담아내었다. 때로는 렌쿠라는 형식으로 뜻을 같이하는 사람들과 끊임없이 교감하고 대화하는 데 심혈을 쏟았다. 그리하여 하이쿠라는 정형시를 우주적인 진리를 담아내고 계층에 관계없이 모든 이들이 향유할 수 있는 예술로 발전시킬 수 있었다.

하이쿠 번역의 문제

하이쿠의 번역은 가능한가? 받침이 적은 일본어 발음의 청각적인 맛은 아예 전하지 못한다 하더라도, 하이쿠의 본령인 상징, 기지, 여백의 미를 살려 우리말의 5·7·5음에 담는 것은 사실상 불가능하다는 주장도 만만치 않다. 짧은 하이쿠에 쓰인 언어 하나하나가 오랜 풍토적, 역사적 의미를 등에 업고 있는 경우가 많기 때문이다. 최대한 적절한 언어를 골라 번역해도 우리말이 주는 전통적인 뉘앙스와 차이가 날 때 시상은 전혀 달라진다. 영시 번역도 마찬가지이겠지만 하이쿠는 극도로 짧아 다른 말로 보충할 수가 없는 난점을 안고 있다. 그러나 시상의 같고 다름을 알아 가는 과정 자체가 또한 문화 이해의 한 방법이기도 하다.

인간이 지닌 희로애락의 감정은 사람 사는 곳이면 세계 어디나 다를 바 없을 것이다. 그러나 그 희로애락의 감정을 어떻게 표현하느냐는 나라마다 다르다. 일본인들은 모든 것을 내보이는 행위는 미덕이 아니라 생각한다. 아이를 잃은 장례식에서 어머니가 눈물 한 방울 흘리지 않는 모습에서 일본인들은 그 어머니의 더욱 깊은 슬픔을 본다. 하이쿠를 읽을 때 '일본인들은 이럴 때 이렇게 표현하는구나!'를 느낀다면 그것이 인간적인 대화의 출발점이 될 것이다.

이 번역을 읽는 독자가 바쇼라는 한 시인을 통해 '얼마나 주어진 것에 자족(自足)하며 살 수 있는가.' 혹은 '인간은 근원적으로 얼마나 고독(孤獨)한 존재인가.' '우리가 마음을 열 때 무심히 넘겼던 자연의 조화가 얼마나 감동적으로 다가오는가.' '평범한 우리 일상에서 어떻게 시를 발견할 수 있는가.' 등을 생각할 수 있는 작은 계기가 되었으면 한다. 읽을 때의 편의를 위해 몇 가지 번역 원칙을 밝혀 둔다.

1) 하이쿠의 5·7·5 라는 음수율을 최대한 살리려 노력했지만 불가능한 것은 운율을 무시하기도 했다.
2) 작품을 선별함에 바쇼의 하이쿠 경향이 드러나는 시기의 작품을 중심으로 골라 사계절로 나누고, 각 계절마다 창작 시기별로 나열했다. 초기 작품들은 동음이의어를 이용한 언어유희가 많아, 사실상 우리말 번역이 곤란하여 많이 다루지 않았다.
3) 자유로운 감상을 방해하지 않는 범위 내에서 주해(註解)를 달았다. 용어의 유래를 설명해야 하는 부분은 다소 주해가 길어졌으나, 그 또한 시상을 방해하지 않는 범위로 국한시켰다.
4) 모든 하이쿠에 계어를 명시했다. 계어는 계절 감각을 환기시키면서 전통시의 문맥에서 그 언어에 깃든 이미지를 상기시켜 언어를 최소화하는 역할을 한다.
5) 번역에서 원작의 의도를 전달하기 위해 '~로다'나 '~구나', '~이여'와 같은 기레지를 살리도록 노력하되, 시어 자체에 영탄의 의미가 들어 있는 것은 생략하기도 했다.
6) 바쇼는 개작(改作)을 많이 하여 같은 작품이라도 여러 형태가 전하는 수가 많은데, 완성도 높은 작품을 중심으로 골라 출전을 명기했다. 이때 『마쓰오 바쇼집(松尾芭蕉集) I』(小学館, 1999)을 많이 참조했다.
7) 원문을 읽을 때의 편의를 위해 상단에 발음을 명시하고, 구철자법은 괄호에 새 철자를 넣었다.

추천의 글

바쇼의 시

이우환

고요한 연못
개구리 뛰어드는
물소리 퐁당

주변에서 흔히 보는 일을 시적, 극적 순간으로 짤막히 포착하고 있다. 자연의 하찮은 현상이 깊고 예리한 감각에 의해, 우주의 심오한 사건인 양 몇 마디로 응축됨으로서, 그로 인한 울림의 파장이 크낙한 여백으로 퍼진다. 그래서 바쇼의 하이쿠는, 마치 하늘이 어느 순간 살짝 열렸다가 닫히는 것을 본 듯한 착각에 빠지게 한다. 작품이란 거창한 대상을 만들어 내는 것이 아니라, 일상의 광경을 반짝 열어 보이는 지극히 단순한 지적(地積)이자 간단한 짜깁기의 문인 셈이다.

세계시인선 35 바쇼의 하이쿠

1판 1쇄 펴냄 1998년 10월 15일
1판 7쇄 펴냄 2015년 9월 24일
2판 1쇄 펴냄 2020년 8월 10일
2판 4쇄 펴냄 2024년 4월 30일

지은이 마쓰오 바쇼
옮긴이 유옥희
발행인 박근섭, 박상준
펴낸곳 (주)민음사

출판등록 1966. 5. 19. (제16-490호)
주소 서울시 강남구 도산대로1길 62
강남출판문화센터 5층 (06027)
대표전화 02-515-2000 팩시밀리 02-515-2007

www.minumsa.com

ISBN 978-89-374-7535-1 (04800)
978-89-374-7500-9 (세트)

* 살봇 만들어진 책은 구입처에서 교환해 드립니다.

세계시인선 목록

1	카르페 디엠	호라티우스 ǀ 김남우 옮김
2	소박함의 지혜	호라티우스 ǀ 김남우 옮김
3	욥의 노래	김동훈 옮김
4	유언의 노래	프랑수아 비용 ǀ 김준현 옮김
5	꽃잎	김수영 ǀ 이영준 엮음
6	애너벨 리	에드거 앨런 포 ǀ 김경주 옮김
7	악의 꽃	샤를 보들레르 ǀ 황현산 옮김
8	지옥에서 보낸 한철	아르튀르 랭보 ǀ 김현 옮김
9	목신의 오후	스테판 말라르메 ǀ 김화영 옮김
10	별 헤는 밤	윤동주 ǀ 이남호 엮음
11	고독은 잴 수 없는 것	에밀리 디킨슨 ǀ 강은교 옮김
12	사랑은 지옥에서 온 개	찰스 부코스키 ǀ 황소연 옮김
13	검은 토요일에 부르는 노래	베르톨트 브레히트 ǀ 박찬일 옮김
14	거물들의 춤	어니스트 헤밍웨이 ǀ 황소연 옮김
15	사슴	백석 ǀ 안도현 엮음
16	위대한 작가가 되는 법	찰스 부코스키 ǀ 황소연 옮김
17	황무지	T. S. 엘리엇 ǀ 황동규 옮김
19	사랑받지 못한 사내의 노래	기욤 아폴리네르 ǀ 황현산 옮김
20	향수	정지용 ǀ 유종호 엮음
21	하늘의 무지개를 볼 때마다	윌리엄 워즈워스 ǀ 유종호 옮김
22	겨울 나그네	빌헬름 뮐러 ǀ 김재혁 옮김
23	나의 사랑은 오늘 밤 소녀 같다	D. H. 로렌스 ǀ 정종화 옮김
24	시는 내가 홀로 있는 방식	페르난두 페소아 ǀ 김한민 옮김
25	초콜릿 이상의 형이상학은 없어	페르난두 페소아 ǀ 김한민 옮김
26	알 수 없는 여인에게	로베르 데스노스 ǀ 조재룡 옮김
27	절망이 벤치에 앉아 있다	자크 프레베르 ǀ 김화영 옮김
28	밤엔 더 용감하지	앤 섹스턴 ǀ 정은귀 옮김
29	고대 그리스 서정시	아르킬로코스, 사포 외 ǀ 김남우 옮김
30	셰익스피어 소네트	윌리엄 셰익스피어 ǀ 피천득 옮김

31	착하게 살아온 나날	조지 고든 바이런 외 | 피천득 엮음
32	예언자	칼릴 지브란 | 황유원 옮김
33	서정시를 쓰기 힘든 시대	베르톨트 브레히트 | 박찬일 옮김
34	사랑은 죽음보다 더 강하다	이반 투르게네프 | 조주관 옮김
35	바쇼의 하이쿠	마쓰오 바쇼 | 유옥희 옮김
36	네 가슴속의 양을 찢어라	프리드리히 니체 | 김재혁 옮김
37	공통 언어를 향한 꿈	에이드리언 리치 | 허현숙 옮김
38	너를 닫을 때 나는 삶을 연다	파블로 네루다 | 김현균 옮김
39	호라티우스의 시학	호라티우스 | 김남우 옮김
40	나는 장난감 신부와 결혼한다	이상 | 박상순 옮기고 해설
41	상상력에게	에밀리 브론테 | 허현숙 옮김
42	너의 낯섦은 나의 낯섦	아도니스 | 김능우 옮김
43	시간의 빛깔을 한 몽상	마르셀 프루스트 | 이건수 옮김
44	작가	호르헤 루이스 보르헤스 | 우석균 옮김
45	끝까지 살아 있는 존재	보리스 파스테르나크 | 최종술 옮김
46	푸른 순간, 검은 예감	게오르크 트라클 | 김재혁 옮김
47	베오울프	셰이머스 히니 | 허현숙 옮김
48	망할 놈의 예술을 한답시고	찰스 부코스키 | 황소연 옮김
49	창작 수업	찰스 부코스키 | 황소연 옮김
50	고블린 도깨비 시장	크리스티나 로세티 | 정은귀 옮김
51	떡갈나무와 개	레몽 크노 | 조재룡 옮김
52	조금밖에 죽지 않은 오후	세사르 바예호 | 김현균 옮김
53	꽃의 연약함이 공간을 관통한다	윌리엄 칼로스 윌리엄스 | 정은귀 옮김
54	패터슨	윌리엄 칼로스 윌리엄스 | 정은귀 옮김
55	진짜 이야기	마거릿 애트우드 | 허현숙 옮김
56	해변의 묘지	폴 발레리 | 김현 옮김
57	차일드 해럴드의 순례	조지 고든 바이런 | 황동규 옮김
58	우리가 길이라 부르는 망설임	프란츠 카프카 | 편영수 옮김
60	두이노의 비가	라이너 마리아 릴케 | 김재혁 옮김